Allitera Verlag

Wolfgang Johannes Bekh

Adventgeschichten

Betrachtungen und Erzählungen

Allitera Verlag

edition monacensia
Herausgeber: Monacensia
Literaturarchiv und Bibliothek
Dr. Elisabeth Tworek

Dieses Buch erschien erstmals 1981 im Ludwig Verlag, Pfaffenhofen

Weitere Informationen über den Verlag und sein Programm unter:
www.allitera.de

Oktober 2010
Allitera Verlag
Ein Verlag der Buch&media GmbH, München
© 2010 für diese Ausgabe: Landeshauptstadt München/Kulturreferat
Münchner Stadtbibliothek
Monacensia Literaturarchiv und Bibliothek
Leitung: Dr. Elisabeth Tworek
und Buch&media GmbH, München
Umschlaggestaltung: Kay Fretwurst, Freienbrink
Herstellung: Books on Demand GmbH, Norderstedt
Printed in Germany · ISBN 978-3-86906-128-3

INHALT

Vom Englischen Gruß · 7
Maria, Ursach unserer Weihnachtsfreude · 8
Was ist das eigentlich, Advent? · 10
Kinderadvent · 12
Um die Nikolauszeit · 16
Das Frauentragen in Kammerlehen · 19
Etwas vom Klöpfeln · 22
Bayerische Adventmusik · 24
Heilige und Scheinheilige · 27
Holzstöckeln · 29
Der Salvator Mundi · 38
Hindernisse auf dem Weg zur Krippe · 40
Wenn die Toten erwachen · 44
Das Christkindlanschießen im Holzland · 51
Die Jahreskrippe in der Antoniuskapelle · 55
Der Stern von Bethlehem · 61
Das älteste Weihnachtslied · 70
Das Geschenk des toten Vaters · 72
Weihnachten, richtig bayerisch · 78
Meine schönste heilige Nacht · 80
Erscheinung des Herrn · 85
Kerzenlicht · 87
Und immer wieder Maria · 91

Nachwort · 93
Anmerkungen · 95

Vom Englischen Gruss

Wenn man den Statistikern trauen darf, so ist der Religionsunterricht an unseren Schulen das unbeliebteste Fach. Und er könnte doch das schönste sein. Denn, Hand aufs Herz, gibt es etwas Schöneres als die Heilsbotschaft, die in der Verkündigung des Engels liegt? – Du bist gebenedeit unter den Weibern und gebenedeit ist die Frucht deines Leibes, – mit dem Englischen Gruß fängt, genaugenommen, Weihnachten an.

Maria, Ursach unserer Weihnachtsfreude

»Maria, Causa nostrae laetitiae«, schrieb der Bildhauer Johann Baptist Sträub unter seine Hausmadonna an der Münchner Hackengasse. Freilich! Maria ist die Ursach unserer Freude – unserer Weihnachtsfreude! Aber weit haben wir uns von der Gottesmutter entfernt, ohne die kein Weihnachten wäre und kein Advent! Sie ist ja wirklich der »Meerstern«, die Mater immaculata! Unser großer Kurfürst Maximilian brachte ihr Opfer über Opfer in Altötting, dem bayerischen Nationalheiligtum. Seinen Sohn weihte er der Gottesmutter: Ferdinand Maria. Den Gebrauch des Rosenkranzes empfahl er seinem Volk, alle wichtigen Entscheidungen verlegte er auf einen Frauentag, dem bayerischen Taler prägte er das Bild der Gottesmutter auf (das siebzehnte und noch das ganze achtzehnte Jahrhundert über blieb sie darauf) und mitten auf dem Münchner Schrannenplatz ließ er der Patronin Bayerns eine Bildsäule errichten.

Der Schrannenplatz heißt seitdem Marienplatz. Und die Münchner Mariensäule ist von diesem Tag an der Mittelpunkt aller Wege Bayerns. Von ihr und zu ihr wird Bayerns Straßennetz gemessen.

Nicht fertig würde man, wollte man alle Mariensäulen nennen, die es – nach dem Münchner Beispiel – allein in Altbayern gibt! Und alle Marienkirchen! Die Wallfahrtskirche Maria Thalheim vielleicht oder Mariä Geburt von Wartenberg und Mariä Verkündigung von Altenerding. Oder die ehemalige Frauenkirche von Erding mit ihrer aufgemalten, um eine Sonnenuhr geschlungenen Schutzmantelmadonna.

Oder wir denken an Maria Hilf in Passau, an den heiligen Berg Andechs, an die niederbayerischen Heiligtümer Samarei, Schildthurn und Bogenberg mit der berühmten Kerzenprozession, an Mariä Heimsuchung auf dem oberpfälzischen Fahrenberg, an die Münchner Herzogspitalmadonna, an Maria Birnbaum, an Maria Eck, an Maria Eich, an Maria Trost, an Maria Rain, an Maria Buchen, an Marienweiher, an Birkenstein, an Tuntenhausen, an Maria Ramersdorf – und an die gewaltige Münchner Frauenkirche! Im Münchner Bürgersaal sind die bayerischen Marienwallfahrten von dem Hofmaler Franz Beich im Bild verherrlicht. Und eines der schönsten bayerischen Marienheiligtümer finden wir in Dorfen. Aus einem Gewirr von flügelschlagenden Engeln und glitzernden Strahlen heraus hält uns Maria das Jesuskind, den menschgewordenen Gottessohn, auf ihrem Schoß entgegen. Egid Quirin Asam ließ mit Bedacht den heiligen Dominikus am nächsten der Gottesmutter knien und ihr den Rosenkranz entgegenstrecken, der sein Kraftquell war. Der ganze Altar ist ein einziges Ave Maria.

Was ist das eigentlich, Advent?

Advent ist seit Urtagen die Zeit der Erwartung des Herrn. Adventfeiern lassen sich zurückverfolgen bis ins vierte, ja bis ins dritte Jahrhundert. Um die erste Jahrtausendwende schon hatten die byzantinische und römische Kirche übereinstimmend vier Adventsonntage.

Der erste Sonntag bringt klar die Doppelbedeutung des Advents zum Ausdruck: Vorbereitung auf Weihnachten und Vorbereitung auf die Wiederkunft Jesu, um Gericht zu halten. Am zweiten Sonntag tritt Johannes der Täufer als Vorbote des Heilands auf. Der dritte Sonntag führt wegen des Anfangs des Introitus – gaudete in Domino semper – den Beinamen »Gaudete« – Freuet euch –, auf die nahe bevorstehende Geburt des Erlösers nämlich. Er entspricht dem Sonntag Laetare, dem vierten Fastensonntag, und trägt wie dieser den Gedanken der Freude in den Bußernst der Vorbereitungszeit. Am vierten Sonntag fängt der Introitus mit den bedeutungsschweren Worten an: Rorate, caeli, desuper – tauet, Himmel, von oben –, im Offertorium aber wird mit ehrfürchtiger Freude an Maria, den »lebendigen Tabernakel« des kommenden Welterlösers, gedacht.

Die römische Kirche betonte die Bedeutung des Advents dadurch, dass sie ihn zur Halbfastenzeit erklärte. Der römischen Kirche gehört auch das Wort »Advent« an. Es leitet sich vom lateinischen Wort »adventus« ab und bedeutet so viel wie »Ankunft« – Ankunft des Herrn.

Sichtbares Zeichen dieser Wochen ist der Adventkranz. Er wurde ehedem gern mit dreierlei Kerzen geschmückt: zwei roten, einer gelben und einer weißen, denn dreifach, sagten die kleinen Leute in ihrer beschränkten Weisheit, komme der Herr: im Fleisch, im Geist und in Herrlichkeit.

Kinderadvent

Eines der schönsten Adventlieder ist das Lied »O Heiland reiß die Himmel auf!« In meinem Truderinger Elternhaus haben wir Kinder dieses Lied mit unseren Eltern gesungen. Mit Wehmut denk ich daran zurück. Mit Wehmut vor allem über die Veränderungen, die meine Heimat erfahren hat. Ein Bauerndorf war Trudering noch, als ich geboren wurde, mit 36 Bauern, nicht viel anders als neunhundert oder tausend Jahre vorher.

1932 wurde Trudering dann nach München eingemeindet. Aber die Zerstörung Truderings zog sich bis in die sechziger Jahre hin. Heute gibt es dort keine Bauern mehr, dafür Betonhäuser, Wohnblöcke, Leuchtschriften, »Drugstores«... Aber so weit war es wie gesagt damals mit Trudering noch nicht gekommen. Die Bauernhöfe hatten noch so kraftstrotzende Namen wie: Der Loamer, der Haafl, der Loucher, der Koal, der Schuasterwoferl, der Zehentbauer, der Schwaabl, der Rual, der Kili, der Schaffler, der Gowern, der Steffe. Und den von Ludwig Thoma zitierten Vers kannten diese Bauern alle noch auswendig:

> Mir san ma Leit,
> mir ham a Schneid,
> mir ham a Geld,
> drum san ma gstellt,
> Ring hammaraa an dö Finga,
> drum samma de luschtinga Truderinga.
> Mir ham an Herrn,
> der hot ins gern,
> der fir ins bürgt,

dass koan' ebbs gschiagt,
dass ma koan krumpn Weg net nehma
und dass ma pfeigrad an Himme kemma!

Ja so war das damals, als wir Kinder in meinem Elternhaus dieses schöne Lied sangen: »O Heiland reiß die Himmel auf! Herab, herab vom Himmel lauf!« In der vorweihnachtlichen Zeit war das alte Dorf immer wie verzaubert. Es gab noch Schnee und er blieb auch noch liegen. Die Tage waren kurz und doch so unnennbar lang. Sie wollten überhaupt nicht enden, diese adventlichen Tage. Auch die gab es damals noch! Und wir warteten sehnsüchtig auf den Tag, an dem das Christkindl kommen und unsere Wünsche, die wir einem draußen aufs Fensterbrett gelegten Brieflein anvertraut hatten, erfüllen würde. Was wir in der stillen Zeit alles trieben, ich weiß es nicht mehr. Aber an ein Erlebnis erinnere ich mich gut. Es trug sich genau in der Mitte zwischen Straß- und Kirchtrudering zu, mehr auf die Kirche Sankt Peter und Paul hin, in der dumpfen Erwartung der Christmette wohl, die doch noch einige endlos erscheinende Tage auf sich warten ließ.

»Hier leiden wir die größte Not«, heißt es in dem erwähnten Lied, »vor Augen steht der ewig Tod. Ach komm, führ uns mit starker Hand vom Elend zu dem Vaterland!« Unter diesem Vaterland konnte ich mir damals nicht das Geringste vorstellen, am allerwenigsten, dass damit der Himmel gemeint sei. So unbestimmt und ungewiss jedenfalls unser adventlich-zeitvertreiberisches Tun war (wenn ich *uns* sage, so meine ich damit außer mir den Thimm Erich, einen Nachbarbuben, der mich von jeher zu allerhand Streichen aufgestachelt hatte) – kurz und gut, an einem dieser langen Abende – dunkel wurde es schon, auch die Dunkelheit gab es damals noch! –, die Flocken begannen zu fallen, und wir gingen hintereinander her, in einer Art Prozession, wie Kerzen tragend, auf Kirchtrudering zu; als Kerzen dienten uns aber zwei Besen, die wir stielaufwärts, senkrecht und weit vom Körper ab hielten, so ähnlich wie König Ludwig der Zweite bei der Münchner Fronleichnamsprozession seine Kerze gehalten haben soll. So zogen wir prozessionaliter dahin. Und so unbestimmt und ungewiss diese Handlung war, nicht weniger unbestimmt und ungewiss war unsere Antwort, als wir angesprochen wurden. Ein verspätet heimwärts gehender Bauer fragte uns nämlich: »Wo aus so spat? Wo geht's denn hi, es zwe?« Da schauten wir ihn verständnislos an, blieben aber nicht stehen, als wir, großsprecherisch, im Weiterwandern, antworteten: »Wir gehen in das Vaterland!«

Um die Nikolauszeit

Die Gegend galt als ein »Schneeloch«. Das Zutreffende dieses Namens hatte ich schon im letzten Winter erfahren, als ich zum ersten Mal in Dillberg gewesen war, und so versank auch in diesem Winter das Land wieder im hohen Schnee. Besonders um Sankt Eligius schwebten die Flocken nieder, Tag um Tag und Nacht um Nacht –, es war fast kein Unterschied mehr zwischen Tag und Nacht zu bemerken, so dunkel blieb es zu jeder Stunde – der Schnee fiel fort und fort in dichten Flocken, und es machte den Bauern größte Mühe, ihre Kirchenwege wenigstens als schmale Trampelpfade freizuhalten.

Aber die meterhohen Schneemauern zu beiden Seiten der tiefen Pfade wurden vom schneidenden Nachtwind immer wieder durch hohe Wächten überbrückt, sodass jeden Sonntag in aller Frühe vor dem Hochamt die Bauern mit Schaufeln ausrücken mussten.

Da in dieser Gegend noch arme Leute genug anzutreffen seien, hätten die Seelenzöpfe noch einen Sinn, meinte Apollonius Guglweid; und sie waren auch, wie ich wusste, am Seelentag in der Stube des Bürgermeisters Kammerloher verteilt worden. Nun lag das schon Wochen zurück, und der heilige Nikolaus, der gute Bischof, stapfte von Haus zu Haus über weite Wege, von Hof zu Hof bei der Nacht, immer auf die fernbrennenden Lichtlein zu, überall hin, wo Kinder ihn sehnlich erwarteten. Als wir aus dem Fenster von Guglweids Arbeitszimmer spähten, sahen wir ihn im bleichen Mondschein stehen. Auch traf ihn aus unserem Vorhangspalt ein heller Lichtstreif. Wie der Priester beim Hochamt war er strahlend angetan mit Albe, Manipel, Humerale, Stola und Casula, aber außerdem trug er noch die weißen Handschuhe, zum Zeichen der Reinheit, den blitzenden Rubinring, zum Zeichen der bräutlichen Verbindung mit der Kirche, den goldgleißenden Hirtenstab, die hohe Mitra mit zwei niederhängenden Bändern und das Reliquienkreuz auf der Brust.

Aber wenig später stürmte vor dem Fenster unten auch der böse Krampus vorbei, mit braunem Fell und Tierohren; klirrende Ketten zum Fesseln schleifte er nach, und den weiten Rupfensack zum Hineinstecken der bösen Lausbuben hatte er geschultert.

Im Arbeitszimmer Guglweids stand ein Strauß frischgeschnittener Barbarazweige auf dem Fensterbrett, und das Erwarten ihrer Blüte war auch eine stille Vorfreude dieser Tage. Agnes hatte ihr Strickzeug in der Hand, ich las in der Ofenecke und Apollonius studierte in seinen Kalendern, die sich zu Bergen auf dem Schreibtisch türmten. Wir tranken heißen Tee mit den Beigaben von Pomeranzensaft und einem Spritzer Obstgeist. Aus einem Holzteller, der auf dem Tische stand, nahmen wir zuweilen getrocknete Apfelschnitze. Von den Schneefeldern draußen klang das Kettengeklirr herein und Rex, der Hofhund, schlug an.

Nun fragte der heilige Nikolaus in irgendeiner winzigen, niedrigen Bauernstube nach Fleiß und Betragen der Kinder, lobte und warnte, stellte Fragen aus der Fibel, Bibel und dem Katechismusbüchlein, und schließlich leerte sein getreuer Knecht Ruprecht mitten in der Stube den Sack aus. Äpfel, Nüsse, Kletzenbrot, lebzelterne Nikoläuse mit bunten Bildern draufgepappt, Brezeln aus mürbem Teig kugelten durcheinander und wurden von Vater und Mutter redlich verteilt. Zum Vergeltsgott aber sagte die Butzelwar dem heiligen Nikolaus noch ein schönes Gebetlein auf, dieses vielleicht:

– Jesukindlein komm zu mir,
mach ein frommes Kind aus mir.
Mein Herz ist klein,
darf niemand hinein
als du mein liebes Jesulein. –

Das Frauentragen in Kammerlehen

Es gibt einen uralten Adventbrauch, der auch heute noch in manchen Dörfern lebendig ist, das Frauentragen. Abends in der Dämmerung gesellt sich eine Schar junger Mädchen zusammen. Eines geht mit der Laterne voraus, ein anderes trägt ein Bild Unserer Lieben Frau unter dem Mantel. So ziehen sie von Hof zu Hof, gleichsam um für die Muttergottes eine Herberge zu suchen.

Sie treten ernst in die Stuben, dann stellen sie ihr Frauenbild in die Mitte und sprechen oder singen den Englischen Gruß und ein Wort des Dankes und des Segens dafür, dass Maria nicht vergeblich hätte anklopfen müssen, wenn sie in der kalten Winternacht des Weges gekommen wäre, wie einst auf ihrer Wanderschaft nach Bethlehem.

Die alte Haushälterin Crescentia Weilbuchner, die in einer Wohnung an der Münchner Herzogspitalgasse Betten klopft, Böden wachst und Mahlzeiten kocht, muss in der Adventzeit weit weg denken und weit zurück. Weit weg, weil sie die stille Zeit am schönsten in Kammerlehen erlebt hat, einem Bauernhof im niederbayerischen Hügelland. Und weit zurück, weil es schon eine Ewigkeit her ist, dass sie dort ein kleines lichtzopfiges Dirndl war.

Großen Eindruck hatte auf ihre kindliche Seele der Abend gemacht, an dem die Himmelmutter in der Kammerlehnerstube Herberge bekam.

In einer Nische der weißen Giebelwand ihres Wohnhauses stand die brokatgewandete Muttergottes, hinter einer Glasscheibe vor den Unbilden der Witterung geschützt. Für diese Muttergottes hielt Crescentia die buntbemalte Holzfigur, die betende Nachbarn hereintrugen und auf den Stubentisch stellten, denn sie konnte noch nicht zwischen der Muttergottes und ihrer Darstellung, geschweige zwischen verschiedenen Ebenbildern unterscheiden.

Auch das verstand sie noch nicht, dass dieses klingende Singen vom Meerstern, das die Stube erfüllte, dieses summende Beten kniender Menschen, die in mollige Mäntel gemummt waren, zur Erinnerung an die bethlehemitische Herbergssuche der Himmelmutter geschah, in deren Leib die Frucht des Herrn reifte.

Was für eine selige Entdeckung noch auf sie wartete, auch das wusste Crescentia nicht, dass nämlich Maria zur Mutter des göttlichen Kindes erkoren war. Mochte aber auch das Glück unsagbar sein, dass der unsichtbare Gott, der sich dem Befreier Moses nur als Feuer im Dornbusch zeigte, sichtbare Menschengestalt annahm, ja sogar als Mensch wie alle Menschen lebte und litt, hieß es doch: »Das Wort ist Fleisch geworden und hat unter uns gewohnt« – es war noch nicht das *ganze* Glück, das ihr der Glaube bescherte: Nicht nur Gott wurde ja Mensch, auch die Frau wurde Gottes Mutter! Die Gestalt der Mutter so weit Gott genähert zu haben, das war das größte Geschenk, das die Kirche für sie bereithielt. Es war ein Geschenk, das ihrem späteren, natürlichen Wunsch nach Mutterschaft die Tiefe einer geheiligten Sehnsucht gab.

Und darum war dieser Abend, als das holzgeschnitzte Ebenbild der gottgebärenden Frau in der Stube unter betenden Menschen Herberge fand, ein Körnlein des Guten, das in die Brust des Kindes gelegt wurde.

Am nächsten Tag – darüber konnte sich Crescentia nicht genug wundern – stand die brokaten angelegte Himmelmutter hinter der Glasscheibe in der Nische der Giebelwand, als hätte sie nie ihr kleines Haus verlassen! Kein Wunder: Sie hatte es nicht verlassen! Die wandernde Muttergottes wurde ja schon längst auf einem anderen Hof im Gebet verehrt.

Die alte Haushälterin in der Herzogspitalgasse, die um die Adventzeit an das Frauentragen in Kammerlehen zurückdenkt, ist ledig geblieben; ihr Wunsch nach Mutterschaft hat sich nicht erfüllt. Und doch hat ihr Leben gewissermaßen etwas Marianisches gehabt: Sie hat gedient in einem großen Haushalt, hat fremder Leute Kinder versorgt, hat Kranke gesund gepflegt, hat das leibliche Wohlbefinden anderer gefördert, ist unentbehrlich geworden. Wenn ihr auch das Mutterglück versagt geblieben ist – ihr ist ein anderes Glück beschieden gewesen – die Zufriedenheit. Darum denkt sie gern zurück an das Frauentragen in Kammerlehen.

Etwas vom Klöpfeln

Da in dieser Zeit die Seelengeister frei werden und unter verschiedenen Dämonennamen umgehen, die böse Lucia, die grausame Percht, der blutige Thomerl und wie diese unseligen Geister alle heißen, beginnen nun die Abwehrbräuche gegen sie.

An den drei Donnerstagen des Advents ziehen die Anglöckler oder Anklöpfler mit ihrem Hammer, der als Hammer Thors und als Fruchtbarkeitssymbol gilt, herum, klopfen an die Türen und singen sogenannte Heischelieder. Sie gehen meistens in Masken, und in Tirol begleitet sie der Anklöpfelesel. Es handelt sich um die Erneuerung der Fruchtbarkeit, denn die Bauern bitten die Klöpfler, auf ihren Feldern herumzuspringen, damit sie im nächsten Jahr einen guten Ertrag liefern. Dass der mitgeführte geräumige Sack von den Angesungenen mit Kletzenbrot und Äpfeln gefüllt wird, versteht sich von selbst.

»Grüaß enk God, Manna und Weiba,
heunt san halt mia aa wieder da,
mia könnand heut gar net lang bleibn,
ins geht ja die Zeit viel z'grob a'.

An Bauern soit da Troad recht guat gratn
und Äpfi und Birn solls gebn net z'rar,
a Gras ja gar net zun dawatn,
a Kloanigkeit aa alle Jahr.

Da Bäuerin, der taat ma's vagunna,
wenn d' Henna brav legatn, d' Oar
an Winter so guat wia an Summa,
aft kochats enk Oarschmalz, woaßt wohl.

Alls Guate toand mir enk no wünschn,
no extra a guats, a neus Jahr,
aft wern ma enk nimma lang schindn,
pfüat God, aft gehnt mia wieder aa.«

Bayerische Adventmusik

Was ist doch ein Bauernmenuett für eine feine Sache. Unsere städtischen Eltern haben derlei noch nicht gekannt. Unsere Großeltern vielleicht – wenn sie Landleute waren oder wenn sie zumindest aufgewachsen waren auf dem Dorf.

Mit einem Schauspiel hob der feierlichste Tag des Jahres in Wölking an. Die Buben haben am Heiligen Abend einen Umzug gemacht und geblasen. Voraus sind die Schnalzer gezogen mit drei oder vier Meter langen Geißeln und haben geknallt, dass es gestaubt hat. Hinter ihnen sind die Trompeter dreingegangen, zuletzt sind noch Kinder getrippelt gekommen, die haben mit Schafschellen geläutet und gemeckert wie Schafe und Geißen. Im Sinnbild haben sie die Herde der Hirten vorgestellt. Es waren ja einfache und unverbildete Menschen, Hirten eben, arme Leute, die von Gott zu den ersten Zeugen des Erlösungsereignisses ausersehen worden waren.

Die stade Zeit war die einzige im Jahr, wenn der Boden vom Frost verschlossen war, in der man auf einem Bauernhof Zeit hatte. Die Arbeit ruhte und die Abende waren lang. Da hatte man Muße für manche stille Geselligkeit.

Man setzte sich enger zusammen im Herrgottswinkel, einer legte die Zither auf den Tisch und schob sich den Ring an den Daumen, der den spitzigen Haken zum Zupfen hat, einer lehnte das Hackbrett an die Ahornplatte und einer griff nach der Gitarre. Wenn es gut ging, strich einer den brummenden Kontrabass, zupfte einer sogar die Harfe. Man spielte eine Stubnmusi. Besonders fein tat das, wenn auch noch auf einer Geige dazu gefiedelt wurde.

Was red ich in der Vergangenheitsform: Man tuts ja wieder in Bayern und Österreich! Man tuts wieder, wo kein Fernseher die Stelle des Herrgottswinkels eingenommen hat, wo man noch Zeit hat – füreinander!

Wenn es auch keine große Sache ist, die viel von sich hermacht, eine Kleinigkeit, wohl, aber eine kleine Kostbarkeit! Gerade dieses Kleine tut gut in sogenannten »großen« Zeiten. Wer weiß, vielleicht werden wir noch die Sonne aufgehen sehen über einem Tag, an dem keiner von uns mehr weiter kommt als bis zum nächsten Hof, als bis zum nächsten Haus. Da richten wir uns lieber heut schon auf ein erbauliches Verweilen ein, denn »Platz ist«, meint die Spruchweisheit, »in der kleinsten Hütte.«

Wir haben ja alle den Auftrag zur Weitergabe der im Weihnachtsgeheimnis beschlossenen und uns zuteil gewordenen Heilswirkungen an den Nächsten. Das klingt an und wirkt nach in unserer innigen und besinnlichen adventlichen Musik.

Doch dürfen wir nicht meinen, dass Weihnachten bloß ein Familienfest sei: Es umfasst – wie diese stille Musik – alle Bürger von Bethlehem.

Heilige und Scheinheilige

Wer wäre unter uns, der in diesen Tagen nicht um ein wenig adventliche Stille froh wäre! Und wollen uns das nicht im Grunde die stillen Weisen der bayerischen Adventmusik sagen: Widersteht den Anfechtungen der Hast und Unrast unserer Tage! Widersteht dem lauten Trubel der Geschäftemacher! Wenn der Antichrist auf Erden umgeht, so geht er wahrscheinlich in diesen Tagen um, die die lautesten wurden und die stillsten sein sollten!

Ja, man muss von den Scheinfrommen reden, von jenen Gläubigen, die in Wahrheit Ungläubige sind. Sie stellen in der Vorweihnachtszeit vermutlich ein größeres Ärgernis als die neuen Heiden dar. Wer nämlich gläubig ist, wer sich zumindest gläubig nennt, sollte in diesen Tagen dem Geschäft keinen Raum in seinem Herzen geben.

Denn weit sind Geschäftigkeit und Geschäft vom Evangelium entfernt. »Und als Maria und Joseph nach Bethlehem kamen«, berichtet das Evangelium, »da erfüllte sich ihre Stunde, und sie gebar ihren ersten Sohn und wickelte ihn in Linnen, legte ihn in eine Krippe, denn es war für sie kein Platz in der Herberge.«

Man könnte aber auch jenen Frauen böse sein, die ausgerechnet vor der Münchner Mariensäule, unter dem Angesicht der Gottesgebärerin, lauthals protestierten und in Sprechchören schrien: »Mein Bauch gehört mir!« – Der Stadtpfarrer Zistl deckte ihr Geschrei mit dem Geläute des Alten Peters zu. Man könnte auch jenen böse sein, die die sogenannte »Soziale Indikation« erfanden, deren ein Wohlstandsstaat offenbar weit dringender bedurfte als die arme Magd Maria.

HOLZSTÖCKELN
oder
VOM RECHTEN CHRISTKINDLGLAUBEN

Was einer als Kind nicht erlebt hat, erlebt er später nie mehr. Das ist wohl eine Binsenweisheit, kann aber nicht oft genug wiederholt werden, damit es die gewinnsüchtigen Fortschrittsapostel endlich einsehen, dass die Kindheit in einem vollautomatischen und vollklimatisierten Hochhaus-»Apartment« keine glücklicheren Menschen macht als die Kindheit in einem armseligen Bauernsachl unter Geschwistern, Hühnern und Kaibeln.

So gesehen ist selbst meine Truderinger Kindheit dürftig gewesen gegen die Erlebnisse, die der Brandstetter Alois in dem winzigen oberösterreichischen Dörfl Aichmühl gehabt hat (zu dem man in der heimischen Mundart Oechmüh sagt, wie etwa der Nachbar in der Heimat meiner Ehegattin, der sich Aigner schreibt, Oenger gesprochen wird), oder – ja! – sogar gegen die Erlebnisse meiner Gattin Resi, die erst in den vierziger Jahren aufwuchs, aber freilich in einem Einödhof des niederbayerischen Hügellandes, der noch nichts von Flurbereinigung, Liturgiereform, Gebietsreform und Schwemmentmistung – alle Schicksalsschläge in der Reihenfolge, in der sie eintrafen – gehört hatte.

Dennoch Trudering! Welche Summe von Erfahrungen und Erlebnissen immer noch in den zwanziger und dreißiger Jahren! Welche Erinnerungen! Wie froh bin ich darum! Wie froh bin ich zum Beispiel darum, dass ich den heiligen Nikolaus im vollen Ornat am 6. Dezember gesehen habe! (Trudering war noch nicht nach München eingemeindet und der

Gabenbringer kam an seinem Namenstag, der im Kalender steht – nicht wie in den Städten am Vorabend!) Trudering war ja noch ein Dorf, wenngleich es in diesem Dorf bereits eine kleine Siedlung gab, die nach dem Ersten Weltkrieg, so ums Jahr 19 oder 20 herum, entstanden war. Auch mein Elternhaus wurde in dieser Zeit erbaut, an der Stelle eines Gartenhäusls mit Pumpbrunnen – das Haus wurde aus Steinen errichtet, der Zaun war noch der alte, der hölzerne –, und über diesen Zaun hinweg sah ich in den Nachbargarten hinüber, am 6. Dezember wie gesagt. Es war schon dunkel, und auf den hohen Schneebergen, die es in dem harten und schneereichen Winter 1928 auf 29 gab, sah ich den heiligen Nikolaus stehen! Der Nachbar hatte seine Hoflaterne brennen, und der Rubinring an der Hand des Heiligen blitzte, als er diese hob, um zum Abschied seinen Segen zu erteilen. Ich, der von meinem Elternhaus durch die Glasveranda hinüberschaute und das sah, erschauerte. Ich werde das nie vergessen! Dieses Bild! Den Rubinring, die Kasel, das Manipel, das vom Arm hing, die Mitra und den goldenen Krummstab! Die Überwirklichkeit hatte Einkehr auf unserer armen Erde gehalten! Die Welt war verzaubert! Und blieb es in all den Tagen bis zur Ankunft des Christkindls!

Auch in unser Haus kam der Nikolaus immer, aber das war kein reichgekleideter, keiner mit Mitra und Krummstab wie beim Nachbarn, das war ein unscheinbarer Mann; meistens kam er in einem schiechen Rupfengewand mit Kapuze und Rute und Sack. Es war nicht der heilige Nikolaus selber, wie uns die Eltern erklärten, meinem Bruder und mir, sondern nur sein Knecht; Ruprecht oder Rupert hieß er. Dass er, wenn man ihn bestelle, weniger Honorar verlange als der echte, der Bischof, erklärten mir meine Eltern freilich nicht, denn ich musste ja nicht wissen, dass bei uns »Schmalhans Küchenmeister« war, und ich »glaubte ja noch an den Gabenbringer«. Apropos Gabenbringer – dass in den Sack nicht nur die bösen Buben gesteckt werden sollten, sondern dass in diesem Sack auch allerhand Leckerbissen steckten, die der »Niklo«, so hieß er trotzdem bei uns, auf den Boden leerte, das versöhnte uns natürlich, das freute uns und das war der schönste Lohn für alles Mühen ums Bravsein.

Wenn ich mich an diesen Sack erinnere, dann denke ich auch an einen anderen Sack zurück, der in einer Theateraufführung beim Großen Wirt an der Truderinger Straße eine gewisse Rolle spielte.

Bei den Buben der Pfarrei wurde in der Adventzeit herumgebettelt um Holzklötzeln, »Holzstöckeln« sagten wir dazu, ausgeschnittene Viecher und Krippenfiguren, aus Laubsägholz oder aus Fichtenbrettern, und ich erinnere mich gut, dass ich meiner Mutter in den Ohren lag, sie solle mir doch ein paar solche Holzesel oder Holzochsen oder Holzmandl mitgeben für das Theaterspiel. Mein Vater hatte alle Hände voll zu tun, das tägliche Brot für die Familie mit Malen und Photographieren zu verdienen, und so kam er nicht gleich dazu, mir die nötigen Holzstöckeln auszuhändigen. Als er es aber endlich doch tat, hörte ich vom Holzer Jakob – nomen est omen –, der das vorweihnachtliche Spiel einstudierte, er brauche keine »Requisiten« mehr – so drückte er sich aus –, und Holzspielzeug habe er nun so viel, dass er drei Säcke statt einen damit füllen könnte.

Dann kam der Abend, an dem ich im rauchgeschwängerten Saal des Großen Wirts in der dichtgedrängten Zuschauermenge saß und mit glänzenden Augen ins Eck starrte, wo sich über dem Podium der Vorhang öffnete und die Sicht auf eine hell mit Scheinwerfern ausgeleuchtete Bauernstube freigab. Eine mit Dirndlgewand und Schurz gekleidete Frau saß im Herrgottswinkel und rang weinend die Hände ob ihrer Not – hinter dieser Maske verbarg sich das Lieserl, die Tochter des Metzgers Vordermeier –, ich achtete aber nicht weiter darauf, so begierig war ich, den Sack zu sehen, von dem so viel die Rede gewesen war. Endlich kam der Sohn der Bäuerin, der Holzer selber spielte diese offenbar wichtige Rolle, und siehe da – er trug den Sack geschultert, prall gefüllt und schwer ... Es ist mir nicht erinnerlich, hatte er die Holzstöckeln nicht verkaufen können und klagend wieder heimgebracht – oder hatte er mit ihnen jemanden beschenkt, wie der heilige Nikolaus es tut – jedenfalls leerte er seinen Sack aus: Unvergesslich ist mir das Auf-den-Boden-purzeln all der geschnitzten und gesägten Holzware. Denn dieses Ausleeren eines vollen Sackes passte gut in diese Zeit!

Am nächsten Abend, so passend war das Spiel gewesen, sollte der Nikolaus wieder zu uns in die Sophienstraße kommen und seinen Sack ausleeren. Ich hatte ja keine großen Ansprüche an das Äußere des frommen Gabenbringers gestellt (das erzählte ich bereits): Was aber an diesem Abend geschah, war doch eine zu große Herausforderung an meinen Nikolausglauben. Daran änderte auch der Umstand nichts, dass der späte Besucher, wie sich das gehörte, und wie ich es am Abend vorher im Wirtssaal gesehen hatte, seinen Sack ausleerte, aus dem nicht nur hölzerne Ware, sondern allerhand Essbares, Feigenringe und Pfeffernüsse, Äpfel und Lebkuchen, hervorquoll – dieser »Niklo« war nämlich nicht nur kein Nikolaus, nein, er war nicht einmal der Knecht Ruprecht oder wenigstens der böse Kramperl, der uns noch nie erschreckt hatte! Wenn wir wenigstens einen Schrecken auszustehen gehabt hätten, mein Brüderl und ich, aber weit davon entfernt – dieser Niklo war bloß lächerlich, es war nämlich ganz einfach der Kramer Neupert vom Eck an der Solalindenstraße, der nicht den geringsten Versuch unternommen hatte, sich unkenntlich zu machen; im Gegenteil, er gab sich dem scharfen Kinderauge sofort als solcher zu erkennen, er hatte sich nämlich einen Mehlsack übergestreift und die mit ganz zivilen Anzugsärmeln bekleideten Arme durch zwei eingeschnittene Löcher gesteckt – über den Kopf aber hatte er sich, sage und schreibe, einen Margarinekübel gestülpt, auf dem in großen Lettern zu lesen stand: RESI SCHMELZ – das halbe Inventar der Kramerei stand in der

Stube, und unter der Blechkübelhaube schaute das nicht im geringsten unkenntlich gemachte Gesicht des Kramers Neupert heraus – seine Hornbrille hatte er sogar aufbehalten – er brauchte sie offensichtlich, um unser Sündenregister lesen zu können. Und er nahm seine Aufgabe auch gar nicht weiter ernst, weil er, während er mit einem Reisigbesen fuchtelte und drohte, über sich selbst zu lachen begann. Man sah es ihm an – für ihn war es eine Gaudi – für uns aber das Ende des Zaubers.

Ein paar Tage später tauschten der Ehgartner Toni und ich mit altklugen Redewendungen unsere »nikolausigen« und adventlichen Erfahrungen aus. Ich kann die Stelle noch genau angeben, wo wir, auf dem Heimweg von der Schule, stehen blieben und uns mit ernsten Gesichtern unterhielten. Über diese Stelle brausen jetzt nämlich Automobile und schwere Lastwägen, weil in der Zwischenzeit hier eine breite Fernverkehrsstraße gebaut worden ist – ja, Trudering hat sich stark verändert, leider nicht zum Besseren. Ich sehe mich aber trotzdem immer noch an dieser Stelle stehen und auf meinen Schulkameraden einreden: »Einen Nikolaus«, so sprach ich aus tiefster Überzeugung, »gibt es nicht, das ist ein Schmarrn!« – »Ja«, pflichtete mir der Ehgartner bei, »das ist ein Schmarrn!« – »Aber das Christkindl«, fügte ich sofort hinzu, und ich tat es in einem Tonfall, als hätte ich dem lieben Gott für meinen aufklärerischen Frevel etwas abzubitten, vielleicht auch tat ich es nur deshalb so eilfertig, weil ich auf einmal vor der eigenen Courage Angst bekommen hatte und befürchtete, dem entglittenen Nikolausglauben könnte noch Erhabeneres, Schöneres, Wichtigeres nachrutschen ... »Aber das Christkindl«, fügte ich hastig hinzu, »das gibt es schon!« Und ich sagte es im Brustton der Überzeugung, gar nicht laut, was man ja nicht muss, wenn man etwas ausspricht, woran es keinen Zweifel gibt. Auch der Ehgartner Toni, falls sich je ein Zweifel in ihm geregt haben sollte, war nun wieder ganz fest im Glauben, sodass er meinen Satz bekräftigend wiederholte: »Naa, naa, 's Christkindl, dees gibts scho!« Und was alles mitschwang in dieser Feststellung! Das Mitleid mit den Unwissenden in der Klasse etwa, die sich nicht entblödeten, an etwas zu zweifeln, was doch sonnenklar war! Wir beide sind nicht so dumm wie diese da, wir sind ihnen um einige Nasenlängen voraus! Ein solches Elitebewusstsein schwang auch unausgesprochen in unserem Abschiedsgruß mit, als wir uns trennten, um zum Mittagessen heimzukommen.

Und wie wenn ich für meinen Glauben belohnt werden sollte, spielte mir das Christkindl gleich beim Heimkommen einen kleinen Beweis zu: ein Lamettafädlein, das auf dem Kokosläufer der Stiege lag, führte das Thema dieses Tages fort und versetzte mich in die Stimmung des Wartens. Wie fieberte ich wieder dem Heiligen Abend entgegen! Und dann dieser Abend selbst, der kein Ende nahm, diese früh eingebrochene Dämmerung, diese nicht enden wollende Dunkelheit! Nichts konnte meinen Glauben schmälern, auch das Klopfen und Hämmern im Atelier oben nicht – es war das Foto- und Maleratelier, in dem alljährlich das Christkindl seine Gaben bescherte –, nicht einmal das Rascheln und Klappern, das sich als unzweifelhaft von meinem Vater herrührend herausstellte, als er mit Beißzange und Hammer, mit Nägeln und Brettlein hinauf- und herunterlief – im Gegenteil – ich erschauerte vor Ehrfurcht, dass mein Vater dem Christkindl helfen durfte! Und auch noch, als mein Vater, nachdem die Glocke silbrig gebimmelt hatte, im Glanz der brennenden Kerzen mit zwei Figuren auf dem Kasperltheater spielte, dem soeben bescherten, mit dem Kasperl und seinem Weib, der Gretl, meinte ich, das Christkindl sei es, das spiele. Sogar als mein Vater verschmitzt lächelnd aus dem bemalten Leinwandtempel hervortrat, störte nichts meine Täuschung. Und im Anblick des Christbaums mit dem glitzernden Schmuck und den warm brennenden Wachskerzen fragte ich mich höchstens, wie diesen gewaltigen Baum, der mit seinem Spitz, an dem ein Rauschgoldengel blitzte, bis an die Decke reichte, das Christkindl durch das Fenster hereingezwängt haben konnte! Nun ja, beruhigte ich mich mit der Erklärung: Das Atelierfenster war weit und groß, hatte viele Scheiben, und irgendwie wird es schon gegangen sein.

Und die Krippe erst mit brennender Stalllaterne und glühendem Hirtenfeuer – ich suchte, wie es angesichts meines angekratzten Wunderglaubens erklärlich gewesen wäre, keineswegs nach den Spuren der Hammerarbeit meines Vaters, nach krummgeschlagenen Nägeln und für die Helligkeit ursächlichen Batterien und Drähten – nein, ich war von meinem Christkindlglauben nicht abzubringen! Sogar der Anblick einiger im Hintergrund platzierter Kameltreiber aus dem Bestand der nicht an den Mann gebrachten und vom Vater in der Zwischenzeit kunstvoll bemalten Holzstöckeln konnte meinen Glauben an das Christkind nicht erschüttern!

Ich war nicht davon abzubringen, zäh hielt ich daran fest, und mein Vater musste mich – im nächsten Jahr, als er befürchtete, dass ich mich bei meinen Mitschülern lächerlich machen könnte – schon ein wenig kräftiger als behutsam aufklären, damit ich von meinem Kindheitstraum ließ. Gar nicht leicht muss ihm das gefallen sein, sollte ich mir später eingestehen, so schwierig etwa wie die Aufklärung über die Verschiedenartigkeit und die verschiedene Bestimmung der Geschlechter – nein, schwieriger noch, weil ihm der Schüler nicht im Geringsten entgegenkam, sondern sich hartnäckig weigerte, etwas zu lernen. Schließlich blieb mir dann halt doch nichts anderes übrig, als von meinem Traum zu lassen.

Aber ich bekam davon, und das war, wenn man die Prinzipien späterer Erziehungsbücher bedenkt, das Erstaunlichste an diesem Erlebnis, keinen »Schock« oder gar einen bleibenden Schaden, denn so viel wusste ich ja, und niemand musste mir dieses Wissen ausreden: Das Christkindl gab es! In jeder Kirche war es abgebildet, man sah es, wie es auf dem Arm der Mutter saß!

Dass das Christkind eigentlich unsichtbar ist, ich wusste es schon lange, darauf war es ja an Weihnachten immer angekommen, und dass es uns am Tage seiner Geburt besonders nahe ist, das durfte ich ja weiterglauben! Und dass die Gaben am Heiligen Abend im Grunde keine anderen sind als diejenigen, die die anbetenden Menschen, nicht zuletzt die Drei Könige, dem neugeborenen Kinde darbringen, auch das durfte ich wissen. Ich musste im Grund keinen Glauben aufgeben! Und ich hatte, als ich dem Ehgartner Toni im Brustton der Überzeugung zuraunte: »Das Christkindl gibt es!«, doch recht gehabt! In den kommenden Jahren überfiel es mich noch oft, wenn ich das Atelier betrat, mit einem süßen Schauder, als ob der alte Zauber der Kinderweihnacht hier erhalten geblieben sei! Und ich möchte im diesseitigen und im jenseitigen Leben mit keinem Buben tauschen, der nicht, ein paar Jahre lang wenigstens, an das Christkind geglaubt hat.

Der Salvator Mundi

Wenn man den Advent nicht nur als Zeit des Duftes aus der vorweihnachtlichen Backstube erlebt, sondern christlich durchdenkt, so können einem heute manchmal eigenartige Gedanken kommen. Denn es gibt wirklich Seelenhirten (kaum zu glauben) – die keine Hirten sein wollen. Dabei heißt das Wort »Pastor« nichts anderes als – Schäfer! Nun ja, dass sie keine richtigen Schafhirten sein wollen, kann man ja noch verstehen, denn das ist wirklich nicht jedermanns Sache, obwohl es eine ganze Reihe Zivilisationsgeschädigter Stadtflüchtlinge geben soll – »Alternative« nennt man sie ja –, die ganz und gar nichts dabei finden, wenn man sie Hirten nennt. Insofern sind die Modernen – auch die Modernen am Altar –, die in dem Begriffspaar »Hirt und Herde« etwas Abträgliches finden, im Grunde schon wieder altmodisch. Sollen sie doch ihre Schäflein – Schäflein sein lassen! Und das Kind ein Kind! Ja, das ist auch wieder so etwas ... Sicher, man könnte einwenden: Wenn man den Geburtstag eines Sechzig-, Siebzig- oder Achtzigjährigen feiert, so stellt man sich den Jubilar doch auch nicht immer als Säugling vor. Aber ist es denn wirklich notwendig, wie es manchmal, vorwiegend bei jungen Kaplänen geschieht, den Heiland der Christnacht als einen Mann zu sehen, einen erwachsenen, einen leidenden? Es hilft ja alles Drehen und Wenden nichts: An Weihnachten kommt das Kind! Und die weihnachtliche Himmelmutter hält uns das Kind entgegen ... Welcher Trost erwächst uns allein schon aus der Weisheit, dass der scheinbar so Schwache und Kleine der König der Welt ist! Diese Spannung, die in dem Gegensatz aus Kindlichkeit und Größe liegt, ist urchristlich. Ein Kind ist er, der Salvator Mundi, der Retter der Welt.

Hindernisse auf dem Weg zur Krippe

Am ersten Adventsonntag zu früher Abendstunde versammelte sich wie jedes Jahr die Familie des Schneidermeisters Loipferdinger in Taign bei Erding um den Adventkranz. Die Mutter zündete die erste Kerze an. Der Vater hatte – wie jedes Jahr – ein Bild auf den Tisch gestellt. Es zeigte Johannes den Täufer, wie er gerade zu den Menschen sprach.

Der Vater erzählte: »Johannes der Täufer ist der letzte und größte der Propheten. Er hat den Menschen damals gesagt: ›Macht euch bereit. Der Herr kommt bald. Räumt alle Hindernisse aus dem Weg!‹«

Dann schickte der Vater noch eine Frage nach. Diese Frage war an seine Kinder gerichtet, die andächtig um den Tisch saßen, den Glanz der flackernden Adventkerze in den Augen.

»Ich finde, was Johannes der Täufer gesagt hat«, begann er, »passt gut für den Advent. Könnt ihr euch denken, warum?«

Martin, der in der Dorfkirche Ministrantendienste versah, hatte gleich eine Antwort bereit: »Weil wir im Advent darauf warten, dass der Herr kommt – nämlich als Kind in der Krippe.«

»Aber da gibts doch keine Hindernisse zum Wegräumen!«, wunderte sich die kleine Anna.

Sie dachte an die schöne Weihnachtskrippe, die in der Stube alljährlich aufgebaut wurde. Für diese Krippe war doch noch immer Platz zwischen dem Kachelofen und der Stubentür gewesen!

»Geh!«, rief Martin und machte eine wegwerfende Handbewegung. »Johannes der Täufer meint doch ganz andere Hindernisse!« Er brüstete sich ein wenig mit seinem Wissen: »Der Herr Pfarrer hat gesagt: Wenn einer frech oder faul oder gar unehrlich ist, so ist er auch ein Hindernis.«

»Stimmt!«, antwortete der Vater. »Wer so ist, hat den Weg zur Krippe nicht frei gemacht. Er hat nicht verstanden, mit was für einem großen Geschenk uns Gott an Weihnachten Freude bereitet!«

Dann wurde er deutlicher: »Aber ich kenne auch noch andere Hindernisse: Denkt nur an die vielen Sachen, die jeder Mensch besitzt, sogar jedes von euch Kindern!«

Dem Buben ging jetzt ein Licht auf: Er dachte an seine elektrische Eisenbahn. Da fiel ihm ein, dass er schon einmal die Messdienerstunde versäumt hatte, weil er sich von dem Eisenbahnspiel nicht losreißen konnte.

Die kleine schwarzhaarige Anna blickte verständnislos in die Runde. Aber auch für sie hatte Martin ein Beispiel: »Wenn du immer brüllst wie am Spieß, weil die Maria dir einen Filzstift wegnimmt, ist eben bei dir der Filzstift ein Hindernis«, erklärte er wichtigtuerisch. Im selben Augenblick schämte er sich ein wenig, dass er so flink im Auffinden der Fehler seiner Schwester war.

»Auf jeden Fall«, beschloss die Mutter dieses Gespräch am ersten Advent, »müssen wir mit unseren vielen Sachen auf Johannes den Täufer hören, der sagt: ›Räumt die Hindernisse aus dem Weg.‹ Alle Sachen richtig gebrauchen – unsere Baukästen, unsere Zusammensetzspiele, unsere Stofftiere, unsere Puppen, unsere Modellautos –, auch aufhören können, wenn die Pflicht ruft, auch den anderen etwas gönnen und auch etwas herschenken können von dem, was wir im Überfluss haben! Was meint ihr, ob wir uns in dieser Adventzeit einmal darum bemühen wollen, alle zusammen?«

Die Kinder nickten.

Als die Mutter aber am nächsten Nachmittag im Kinderzimmer nachschaute, misstrauisch, weil es ihr dort gar so verdächtig ruhig vorkam, im Gegensatz zu sonst, wo immer einmal wieder ein Geschrei und Gestreit herauszuhören war, musste sie zu ihrer Verblüffung sehen, dass Martin mit Feuereifer dabei war, die schönsten Spielsachen in eine große Schachtel zu packen. Nicht er allein aber war es, der sich von seinem Überfluss geliebter Dinge trennte – auch die Schwester Anna half heftig mit, ja die blondzopfige Maria sogar, die kleinste, erst vierjährige, schleppte eine Puppe herbei und ließ sie in der Schachtel verschwinden. »Für die Kinder«, erklärte Martin seiner sprachlosen Mutter, »die weniger haben als wir, für die Armen! Der Papa muss das alles morgen zu der Caritas hinfahren!«

Die Mutter war ratlos. Denn sie erstaunte nicht nur, sie erschrak auch ein wenig, so unvermutet feststellen zu müssen, auf welch fruchtbaren Boden ihre Worte gefallen waren. Und als die gute Frau an ihre eigenen Besitztümer, an die gewiss nicht unmäßigen, aber doch ganz schön beruhigenden und keinesfalls bei allen Menschen selbstverständlichen Habseligkeiten, an die Schmucksachen, an den Kraftwagen in der Einstellhalle und an den Pelzmantel dachte, da wurde ihr ein wenig sonderbar zumut.

Wenn die Toten erwachen

In Großhündlbach gibt es einen Hof, den heißt man »Gerat« oder im Wem-Fall »bein Geratn«. Das bedeutet so viel wie »Gerold« und ist nichts anderes als die Bezeichnung für eine sogenannte Baramtshube des Hochstiftes Freysing, geht also auf das neunte oder zehnte Jahrhundert zurück. Was besagen solch ehrwürdigem Alter gegenüber die sogenannten Schreibnamen! Wiesmaier schreibt sich der Besitzer dieses Anwesens schon seit nahezu zweihundert Jahren. Auch ein schöner Name und auch eine schöne Zeit, aber was will das schon heißen gegenüber einem Jahrtausend! Folgerichtig bleibt man in Großhündlbach beim Hausnamen. Kein Mensch sagt »Wiesmaier« zu ihm, außer vielleicht der Postbot, jedermann kennt ihn als den »Geratn«.

Der gegenwärtige Gerat hat fünf Kinder: Drei Dirndln, die von zwei Buben eingerahmt werden, dem erstgeborenen Hoferben Hans, der nach dem Vater getauft ist, und dem letztgeborenen Georg, der Schos gerufen wird und ein Geistlicher werden soll oder mindestens ein Lehrer.

Ein aufgewecktes Bürschlein war dieser Schos, kannte im Vorschulalter schon alle Hofnamen, die von Großhündlbach sowieso, weil er hier hofaus, hofein barfüßig umeinanderlief, aber auch die von Kleinhündlbach (jedem »Groß« stand ein »Klein« gegenüber), auch die von Rappoltskirchen, das über den Berg hinauf lag, und sogar die von Kemoding, einem Dörfl jenseits der Wasserscheide, gegen die Vils zu.

Vor wenigen Jahren, als die Welt noch kleinräumiger war, lebten die Leute im Erdinger Holzland ein völlig anderes Leben als in der drei Fußstunden entfernten Erdinger Stadt, geschweige in den weit abgelegenen Residenzen München und Landshut. Man war noch aufeinander angewiesen.

Es geht nichts über eine Dorfgemeinschaft, in der einer dem anderen hilft, wenn er in Not gerät, in der die vielen Einzelnen zusammenstehen wie ein Mann. Die Ursache ist wohl, dass man einander braucht, sei es, wenn es ein Kalb »zu ziehen« gilt oder ein vom Sturmwind entblößtes Dach neu einzudecken, die Folge aber, dass keiner »ausscheren« darf, weil bekanntlich eine Kette nur so stark ist wie ihr schwächstes Glied.

Richtig augenscheinlich wurde die Dorfgemeinschaft am Allerseelentag. Und es war dieses Erlebnis für den kleinen Gerat Schos alle Jahre wieder ein Repetitorium seiner Kenntnis der Hofnamen. Da stand nämlich die ganze Pfarrei auf dem Rappoltskirchener Freithof an den Gräbern. So dicht gedrängt voller Menschen hatte er den Kirchhof noch nie gesehen wie am Allerseelentag. Jeder Hof hatte seine Grabstatt und an jedem Grab standen die Lebenden über den Toten. Beim Nachbarn, beim Weindl, der sich Lechner schrieb, waren es acht Menschen oder anders ausgedrückt drei Generationen: Mutter, Sohn und Enkelkinder. Beim Böihuber, der den Vater vor drei Jahren, die Mutter voriges Jahr verloren hatte, waren es nur fünf. Beim Trujer standen sechs Menschen vor dem Grabkreuz, beim Felber sieben, beim Ecker sogar neun, denn er hatte den Kindersegen, beim Huntmair vier. Weiter hinten standen die Hofleute aus Kleinhündlbach: die Angehörigen vom Brotmann, vom Gschlößl, vom Rothansl. Auch die Kemodinger waren zur Stelle: der Garmer, der Hagn, der Schmied, der Jacker, der Numer, der Gärtner, der Maillinger. In der Ferne verloren sich in der dichtgedrängten Menschenmenge die Giglinger Bauern, Söldner und Häuslleut: der Zoß, der Berger, der Schlicker, der Schafhauser, kaum noch auszumachen waren in dem Gewimmel der Köpfe die Vertreter der Einöden: der Grüner, der Gsaderer, der Lodermooser.

Genau prägt sich der kleine Schos alle Gesichter ein. Und so viele es auch waren, er lernte sie alle kennen. Für ihn waren es immer dieselben, denn dass immer wieder einige von der Erdoberfläche verschwanden und hinab zu den Abgeschiedenen fielen, dafür aber im Licht des Tages andere hinzutraten, das wurde er in den drei oder vier Jahren, in denen er den Allerseelentag bewusst erlebte, noch nicht gewahr. Dichtgedrängt standen sie jedenfalls, und so reglos, als wären sie ein einziger Mann.

Nicht lange nach Allerseelen geben sich die Christen der Erwartung des hochheiligen Weihnachtsfestes hin und nennen diese Tage getreu der römischen Bezeichnung Advent; im Grund eine frohe Zeit, eine Zeit voller Freuden, für die man dankbar ist nach der Novemberfinsternis. Das Licht kommt wieder, kein äußeres Licht freilich, mehr ein einwendiges, ein Licht von Kerzen und Herzen.

Als der kleine Gerat Schos als Erstklässler in die Volksschule nach Maria-Thalheim ging, hörte er in der Christenlehre zum ersten Mal Näheres über den Sinn des Advents, erfuhr, dass diese Wochen als Zeit der Erwartung des Heilands gelten, der Erwartung seiner Geburt, seiner Ankunft auf Erden.

Als der Gerat Schos die zweite Klasse besuchte und acht Jahre alt war, lernte er schon weit mehr über diese Zeit, erfuhr, dass in diesen Wochen keineswegs allein die erste Ankunft unseres Heilands, nein, zugleich auch seine Wiederkunft, also der Tag des Jüngsten Gerichts erwartet werde, an dem die Toten aus ihren Gräbern steigen.

Der Gedanke, dass an diesem Tag oder vielmehr in dieser Nacht alle Toten aus den Gräbern steigen, ließ ihm fortan keine Ruhe mehr. Allein aus diesem Grund, nicht bloß weil er sich für alt genug hielt, begehrte er, dieses Jahr in die heilige Christmette mitgenommen zu werden, ein kühnes Verlangen, weil damals die Mette noch mitternachts gefeiert wurde.

Die Mutter versuchte ihn denn auch von seinem Vorhaben ab- und ins Bett zu bringen, aber alles Zureden half nichts. Die Gaben waren bestaunt und der Lichterbaum gelöscht. Der Bub horchte auf das Brutzeln der Bratäpfel und richtete sich in der Ofenbank, wo es wohlig warm war, zum Aufbleiben. Er wollte es in allem seinen vier älteren Geschwistern gleichtun.

»Geh, Schosl«, ermahnte ihn die Mutter, »wöist net do äs Bett geh? Foin da ja eh scho d'Augn zua!« Da kannte sie aber ihren Jüngsten schlecht. Was der sich einmal in den Kopf gesetzt hatte, davon ließ er sich nicht so leicht abbringen. Die Zeit der Erwartung des Herrn wollte er nicht wieder wie in den vergangenen Jahren verschlafen, nein, er wollte miterleben, was in der Nacht geschah! Er dachte dabei freilich nur an eines: an dieses Auferstehen am Jüngsten Tag, von dem ihm der hochwürdige Herr Pfarrer in der Christenlehre so anschaulich erzählt hatte.

Er wollte den Augenblick unter keinen Umständen versäumen, wenn sich die Toten aus ihren Gräbern erhoben! Er dachte so lebhaft an dieses Auferstehen der Abgeschiedenen, dass ihm seine Geschwister, die immer wieder in ihn drangen und fragten, warum er denn um Himmelswillen aufbleiben wolle, das Geständnis dieser geheimen Erwartung entlockten. Da gab es aber ein Gelächter rundum, dass die Teller im Schüsselkorb schepperten und die Katze erschrocken aus der Stube lief.

Der Gerat verbot ihnen zwar ihr unschönes Gelächter und schalt sie naseweis, aber sie höhnten weiter, dass die Toten heuer bestimmt noch nicht auferstehen würden und dass, wenn es wider alles Erwarten doch der Fall sein sollte, der Schos dann bestimmt schon längst im tiefen Schlummer liege und nichts davon bemerke.

Höhnt ihr nur! – dachte sich der Bub – Wer zuletzt lacht, lacht am besten. Und ich werde zuletzt lachen!

Als man sich aufmachte zum Gang in die Christmette,

pelz- und wollvermummt, Stalllaternen in den mit Fäustlingen bewehrten Händen, fiel der Schnee in dichten Flocken.

Es musste schon seit Stunden geschneit haben, weil die Mettengänger auf dem abends frisch geschleißten Weg durchs Kehlholz bis an die Knie versanken. Brauchte man sommers durch das schluchtartig eingeschnittene Waldtal, von dem die Kehl ihren sonderbaren Namen hatte, fast eine halbe Stunde, so hatten die Mettengänger nun im Schnee doppelt so lange bergan zu stapfen. Der kleine Schos drohte zwar immer wieder zu versinken, und seine Mutter brachte ihn mit Mühe durch die tiefsten Wächten, aber zum Spott seiner Geschwister war keine Zeit: sie hatten selber genug zu tun, sich durch den Schnee zu kämpfen, der am Ausgang des Holzes tiefer wurde und ihnen jetzt auch noch die Sicht nahm, weil er dichter fiel.

Was der kleine Schos nun erlebte, zuversichtlich, dass ihn seine Erwartung nicht trog, lässt sich nur als eine Wiederholung des Allerseelentages bezeichnen. Schon das allgemeine Niederknien bei den im Chor gerufenen Worten: »Et incarnatus est«, erschien ihm im Nachhinein wie eine Vorbereitung auf das kommende Geschehen. Als der Pfarrer mit dem Wedel das geweihte Wasser austeilte und, nach beiden Seiten sprengend, seinen Weg durch den Mittelgang nahm, bekreuzigten sich die Mettenbesucher. Auch der kleine Schos schlug brav das Kreuz. Da bemerkte er zu seinem Erstaunen, dass der Geistliche den Rauchmantel umgetan hatte, nicht den schwarzen wie an Allerseelen, sondern den goldenen, und an der Spitze einer langen Prozession durch das Kirchenportal ins Freie schritt, dass er Wasser sprengte und seinen Wedel gelegentlich in den Weihwasserkessel tauchte, den ihm ein Ministrant nachtrug, während ein anderer jugendlicher Messdiener das blanksilberne Weihrauchfass schwang.

In die Schneenacht hinaus folgte Schos dem Pfarrer, der von Grab zu Grab segnend und wassersprengend schritt. Es hatte zu schneien aufgehört und ein glitzernder Sternenhimmel stand über dem Kirchhof, auf dem es von Menschen wimmelte. Dieses Menschengedränge aber kam nicht von den Mettenbesuchern her, deren Menge etwa auf dem Kirchhof keinen Platz mehr gefunden hätte, sondern von den Menschen, die an den Gräbern standen! In dichten Gruppen wie am Allerseelentag standen sie hinter den Grabsteinen! – Wie aber war das – fragte sich der Schos auf einmal und schickte einen suchenden Blick in die Reihen vor und hinter sich – freilich! – der Weindl, Barthl mit Rufnamen, schritt eben aus dem Portalhäusl, der Böihuber folgte ihm gemessenen Ganges, und auch der Trujer ging feierlich hinterdrein – wie konnte es aber dann sein, fragte sich der ratlose Schos, dass an den Gräbern des Weindl, des Böihuber und des Trujer dichte Menschengruppen standen?

Wie wurde ihm erst, als er diese Gesichter betrachtete! Er hatte sie noch nie gesehen! Was waren das für fremde Leute, die auf einmal an den Gräbern des Felber und Ecker standen? Auch die Gschlößlangehörigen und die Leute vom Rothansl kannte er nicht mehr! Das waren aber doch die richtigen Gräber! Freilich! Er kannte sich ja aus! Über die Lage der Gräber der einzelnen Höfe machte ihm niemand etwas vor! Oder konnte des Rätsels Lösung darin liegen, dass er sich auf einem anderen Gottesacker befand, in einer fremden Pfarrei? Woher kam es denn sonst, dass er den Garmer und Hagn, den Jacker, Numer und Maillinger nicht mehr kannte?

Was hatten diese Leute erst für sonderbare Kleider an! Von Trachten vergangener Jahrhunderte hatte der achtjährige ABC-Schütz noch nichts gehört – und erst allmählich konnte er sich dieses wunderbare Erlebnis, das er freilich ganz anders erwartet hatte, als ein Auferstehen der Toten aus ihren Gräbern erklären. Und er jubelte in seinem Herzen über die Aussicht, seine höhnenden Geschwister bald eines Besseren belehren und sie als ungläubige Thomasse beschämen zu können. (Ein weiblicher Thomas war zwar eine höchst ungewöhnliche Vorstellung, aber er achtete in seiner Aufregung nicht auf solche Spitzfindigkeiten.)

Der Augenblick war da – ein Rütteln an seinen Schultern brachte ihn zu sich. Er fühlte, dass er erwachte, nicht auf dem winterlichen Kirchhof allerdings, auch nicht auf der Ofenbank, sondern in seinem Federbett, in das die Mutter am Abend vor der Mette den Eingeschlummerten gebracht hatte. »Wach auf! Wach auf! Du Langschläfer!«, riefen die Geschwister und rüttelten ihn wieder, lüfteten sogar sein Tuchent, »wach auf, sonst verschläfst du den Christtag auch noch!«

Draußen stand strahlend am Himmel die Sonne und es war höchste Zeit zum Gang ins Weihnachtsamt!

Obwohl der kleine Georg eigentlich der Beschämte war, trug er einen sonderbaren Gewinn aus dieser Nacht. Er betrachtete – und machte mit solcher Betrachtungsweise schon den Anfang, als er jetzt am Christtagsmorgen auf der Bubenseite im Kirchenstuhl kniete – er betrachtete die Einwohner der einzelnen Höfe fortan mit anderen Augen. Er sah sie an, als wären hundert Jahre vergangen und als wären jetzt sie die Gestorbenen und Auferstandenen.

Das Christkindlanschiessen im Holzland

Noch ein letztes Mal im Jahr schickte der Baron von Fraunberg kurze Feuerstöße aus der Schrotflinte: Wenn er das Christkindl anschoss. In der heiligen Christnacht, in der all die Adventtage ihr Ziel haben, stapfte er durch den knirschenden Schnee in seinen Park hinaus und pflegte als Einziger im Dorf den uralten, vor zehn oder zwölf Jahren eingeschlafenen Brauch des Christkindl-Anschießens.

Wie einem katholischen Christen der Geburtstag reichlich gleichgültig sei, wichtig allein der Tag des Namens- und Schutzpatrons, meinte der Baron von Fraunberg, so wisse er auch mit dem willkürlich gewählten weltlichen Wechsel des Jahres wenig anzufangen, umso mehr mit einer Begrüßung Jesu, des Herrschers der Welt.

Der alte Baron von Fraunberg, der 1978 immer noch so tat, als schriebe man 1878 – oder vielleicht sogar erst 1778, was ihm weit lieber gewesen wäre –, galt als ein Sonderling, als ein Spinner – wie man heute zu sagen pflegt. Aber dennoch: Was die Übung des Christkindl-Anschießens betrifft, so hatte er recht. Nicht freilich, wie *er* es meinte, als bloßen Brauch! Es stand schon mehr dahinter! Es stand dahinter das ehrfürchtige Niederknien, die demütige Verneigung vor dem Herrn der Welt! Und wenn das Christkindl-Anschießen im Erdinger Holzland abgekommen war, nicht deswegen, weil man von dem Brauch nichts mehr hielt, sondern weil man die Demut vor Gott verlernt hatte. Es darf ja vermutet werden, dass man in Berchtesgaden, dem einzigen Landstrich, in dem das Christkindl-Anschießen erhalten blieb, nicht gottgefälliger und demütiger ist, sondern dass man dort sehr einfach diesen alten Brauch zu schätzen weiß.

Er gehört dort zu den Schützenvereinen, zu den Bergwerksuniformen und zu den Alpentrachten. Nein, ein Brauch war das Christkindl-Anschießen im Erdinger Holzland nicht, sondern Ausdruck des Glaubens! Bezeichnenderweise kam ja das Christkindl-Anschießen zwischen Hecken und Taufkirchen, zwischen Reichenkirchen und Hohenpolding ungefähr gleichzeitig mit dem Einschlafen des Tischgebetes ab ...

Und auch darin hatte der Baron von Fraunberg recht, wenn er 1978 meinte, dieser Brauch sei erst vor zehn oder zwölf Jahren abgekommen, denn Johann Nepomuk Kißlinger, bis 1931 Pfarrer von Rapportskirchen, gestorben in Erding am Tag des heiligen Johannes, am 27. Dezember 1937, schrieb in seiner 1936 fertiggestellten »Geschichte und Beschreibung der Pfarrei Rappoltskirchen«: »24. Dezember. Am Heiligen Abend ist Rauchnacht, um 12 Uhr (nachts) Christamt, ½ 7 Uhr Frühmesse, ½ 9 Uhr Predigt und Hochamt. Am Heiligen Abend wird ›das Christkind angeschossen‹«. Der Christbaum ist erst seit etwa 20 Jahren eingeführt. Die Weihnachtskrippe wird in der Antoniuskapelle aufgestellt. Am Nachmittag des Weihnachtsfestes geht man zur heiligen Beichte zur Vorbereitung auf den kommenden Tag.«

Kißlinger sagt also nicht mehr und nicht weniger, als dass der Christbaum in Rappoltskirchen erst um 1916 eingeführt worden ist, und dass die Rappoltskirchener Bauern 1936 noch das Christkindl angeschossen haben. Es gab noch keinerlei Nachlassen dieser Übung, sonst hätte Kißlinger mit Sicherheit darauf hingewiesen. In der Tat hat man mit dieser Begrüßung des Erlösers erst in den späten fünfziger und frühen sechziger Jahren aufgehört. Der letzte Schuss am Heiligen Abend soll erst – so erinnern sich Einheimische – 1965 abgegeben worden sein. Die Rappoltskircher Krippe wurde 1964 zum letzten Mal in der Antoniuskapelle aufgestellt – eine große Jahreskrippe –, sie ist verschollen.

Doch zurück zum Christkindl-Anschießen! Wie war das im Holzland? Wie ist das gewesen? Als die Kirchturmuhr die achte Stunde schlug, ging eine Schießerei von nah und fern los aus Faustrohren, Stutzen, Musketen, Pirschbüchsen und Zwillingsflinten. Von allen Höfen, Einöden und einschichtigen Häusln, die weit draußen auf den Buckeln, in den Tälern und Wäldern der Gemeindeflur lagen, krachte es und hallte als hundertfältiges Echo hin und her in der sternklaren Winternacht.

Aus und vorbei. Stille herrscht am Heiligen Abend. Erstaunlich, dass im Holzland nicht automatisch die Begrüßung des Heilands einer Begrüßung des neuen Jahres gewichen ist. Nein, der Glaube wurde einfach blass, schwach, traute sich nicht mehr vor die Tür. An Silvester schoss man deswegen noch lange nicht. Nein, man ließ es gern von der Erdinger Ebene ins Holzland heraufkrachen und glitzern: das berührte die Leute nicht. Als aber das Krachen und Leuchten aus der Ebene herauf immer heftiger und herausfordernder (und kostspieliger) wurde, als die jungen Burschen drunten zu arbeiten begannen und fremde Sitte mit heraufbrachten, so um die frühen siebziger Jahren herum, da fing man auch im Holzland wieder zu schießen an.

Allerdings, das war der Unterschied: sieben Tage später als ehedem. Und es war auch kein Glaube mehr dabei.

Die Jahreskrippe
in der Antoniuskapelle

Der Kramersepp von Gigling hat am Stammtisch in der Tafernwirtschaft oft von der alten Krippe in der Rappoltskirchener Pfarrkirche erzählt und gemeint, sie habe den ganzen geräumigen Platz in der Antoniuskapelle eingenommen.

Einmal, am heiligen Christtag, holte sich der Baron von Fraunberg, dessen Schloss über den sieben Waldhügeln des Holzlandes lag, den Kirchenschlüssel von der Pfarrerköchin, denn die Kirchen mussten, anders als zu Pfarrer Kißlingers Zeit, verschlossen gehalten werden des Diebsgesindels wegen, sperrte die Turmtür auf, ging in die Antoniuskapelle, ließ den Raum auf sich wirken und stellte sich vor, die alte Krippe sei noch da.

Es war viel Platz hier: Die Rückwand war von einem umfangreichen barocken Beichtstuhl eingenommen, die gegenüberliegende Wand wurde von einem prächtigen Rokokoaltar ausgefüllt, der sich oben in ein Gewimmel aus flügelschlagenden Putten verlor, zwischen denen das Tageslicht, durch gelbes Glas gefiltert, hereinbrach und das lächelnde Haupt des heiligen Anton mild umfloss. Licht gab es genug in dieser Kapelle: Auch die Außenmauer zur linken Hand öffnete sich, weit sogar; an mehrfach geschwungenen Leibungen vorbei flutete der helle Tag durch bleiverglaste Scheiben. Die vierte Wand fehlte; sie war schon im siebzehnten Jahrhundert in die Pfarrkirche hinein aufgebrochen worden, mit der die Kapelle seither baulich verbunden war. Ins Gewölbe hatte Anton Niedermaier, ein heimischer Freskant, im Jahre 1924 eine

Verherrlichung des heiligen Anton gemalt – auf einer Wolke stehend breitete er die Arme aus, um das Kind aufzufangen, das mit ungeduldigen Sprüngen auf ihn zulief.

Hier herinnen, sinnierte der Baron von Fraunberg, war also die gewaltige Rappoltskirchener Krippe aufgebaut gewesen. Es waren kleine Figuren, mit fein bossierten, wächsernen Köpfen und Händen, und kostbar gewandet.

Die auserkorene Jungfrau – stellte er sich vor – kniete in der Betbank mit ergriffen über dem Herzen gekreuzten Armen und senkte den Blick. Der Engel schwebte halb vor ihr und halb über ihr mit gebreiteten Flügeln und ausgestreckter Hand. Eine große Helligkeit war um ihn. Sein Zeigefinger wies auf ein Schriftband hin, das in den Lüften flatterte. In zierlichen Buchstaben standen darauf die Worte geschrieben: Ave, Maria, gratia plena, Dominus tecum. Benedicta tu in mulieribus, et benedictus fructus ventris tui Jesus.

Das Wort von einer Magd, einer züchtigen, drängte sich dem Baron auf im Anblick diesen gestellten Gruppenbildes. Ganz offen und Empfängerin, vernahm sie den Anruf, begriff die Gnade.

Auf dem nächsten Tisch, denn die Krippe war auf mehrere Tische gebaut, bildeten die Tiere und Menschen einen Halbkreis, die Jungfrau, der Zimmermann Joseph, Ochs und Esel. Die Mitte wurde von einer kleinen ärmlichen Futterkrippe eingenommen, aus der Heuschübel und Strohhalme hervorstachen. Von ihr ging der Schein aus, der die Nacht, in der das Gruppenbild stand, erhellte. Ein Abglanz des Scheins schimmerte noch in den Augen der Barmherzigen Schwester, die alljährlich die Krippe auf- und umbaute, überhaupt mit allem Nötigen versorgte.

Über die Futterkrippe beugte sie sich nun – so stellte es der Baron von Fraunberg sich vor –, fasste mit spitzigen Fingern hinein und bettete vorsichtig das Kind höher, dass der lichtumflossene kleine Kopf sichtbar wurde. Das Licht freilich drang aus einer zierlichen, am Hüttendach der ärmlichen

Unterkunft baumelnden Laterne, in der eine Kerze flackerte.
Weiter entfernt hatten sich die Hirten versammelt. Einige standen am Feuer, hielten ihre Schaufel umklammert oder hatten sie weggelegt und rieben sich die starren Hände über der Glut.

Hinter ihnen tummelte sich die wollige Welt der Schafe, ein Hirtenhund bewachte den Pferch. Andere Schäfer liefen aufgeregt mit erhobenen Händen herbei, denn sie hatten den Ruf des Engels vernommen, der gleichfalls durch ein Schriftband übersetzt war. Die Worte des Schriftbandes lauteten: »Gloria in excelsis Deo et in terra pax hominibus bonae voluntatis.«

Kleine Krippenwelt in der kleinen Dorfkirche! – dachte der Baron von Fraunberg. Wo war sie hingekommen? Nicht mehr das Dorf durfte wollen, was es hatte. Weit entfernt saßen die Drahtzieher. Mit ihren Maschinen hatten sie jeden Menschen im Griff. Die Kassierer der Musikautomaten kamen alle (un)heiligen Zeiten, aber das Geplärr war beständig. Warum nur müsst ihr herrschen, ihr Techniker, ihr Rauschgifthändler, ihr Verbreiter unzüchtiger Bilder, müsst Abhängigkeiten schaffen, warum nur könnt ihr unsere Krippenwelt nicht in Ruhe lassen?

Am Vorabend des Epiphaniasfestes war die Krippe von der Barmherzigen Schwester neu gestellt worden, so hatte der Kramersepp dem Baron erzählt. Nahe dem Speisgitter war die Gruppe der drei Könige aufgebaut. Mit Kamelen, Maultieren und Knechten kamen sie gezogen, den Stern vor Augen: Kaspar, der Schatzmeister, voraus, als Mohr gefärbt, eine Schatulle mit Gold in den Händen, Melchior, der Lichtkönig, mit einem Weihrauchschiff, Balthasar, der Fürst des Glanzes, mit einer Pyxis voll wohlriechender Myrrhe. Kunstvoll geschlungene Turbane trugen sie alle drei auf dem Haupt und an der Stirn ein glitzerndes Diadem. Kostbare Brokatgewänder fielen über ihre Schultern und raschelten hinter ihren Schritten als geschlängelte Schleppen. Und wieder war eine Schrifttafel angebracht, mit einer Erklärung dieser Gruppe:

»Heut, ja heut erschienen ist, erschienen ist der Christenheit Gottes Sohn, den loben wir in Ewigkeit.«

Peinlich nachgeahmtes Vorbild waren die Krippenkönige den drei Sternsingern, deren letzten Aufzug vor einem halbdutzend Jahren sich der Baron von Fraunberg ins Gedächtnis zurückrief. Auf die Türstöcke der Bauernhäuser – und auch seines Schlosses – hatten sie mit geweihter Kreide die Anfangsbuchstaben der drei Königsnamen geschrieben, K und M und B, die früher C, M, B geschrieben und als »Christus mansionem benedicat« – der Herr segne dieses Haus – gedeutet worden waren.

Auf dem nächsten Tisch war Maria zu sehen, wie sie ihr göttliches Kind fliehend vor unheiligen Händen in Sicherheit brachte. Der Zimmermann wies am Zügel den Esel, auf dem die Mutter saß, ihren blauen Mantel auf der Erde nachschleifend, ihr Kind fest im Arm.

Flucht, Flucht – wie oft hatte der Baron von Fraunberg sie schon erwogen und bis in alle Einzelheiten vorbereitet, eine eiserne Ration zurechtgepackt aus unverderblichem Dosenfleisch, aus Schokolad und Nudeln, alles luftdicht verpackt. Allenthalben wurde von einem täglich möglichen Einmarsch feindlicher Panzertruppen gemunkelt. Aber die Barmherzige Schwester, die Verwahrerin der Krippe, hatte nur den Kopf geschüttelt, als sie den Baron so reden hörte. Er sah sie noch immer vor sich stehen in einem schwarzen Kleid von einfachem Schnitt, immerzu den Kopf schüttelnd. Ihren Worten konnte der Baron aber nicht recht beipflichten: »Wohin sollen wir fliehen?«, hatte sie gesagt. »Solange ich mich in der Nähe eines Altares weiß, fürchte ich nichts.«

Gerade unter dem Antoniusaltar, auf einem anderen Tisch, war das nächste Krippenbild aufgebaut. Ein halbwüchsiger Knabe, der zwölfjährige Jesus, stand Rede und Antwort Lehrern und Priestern, die in goldstarrenden Gewändern ihn umdrängten und befragten. Maria und Joseph hielten sich im Hintergrund, schlugen die Hände zusammen, konnten es nicht fassen, dass er im Heiligsten war und hier ein Recht hatte zu sprechen. Alles geschah lautlos. Nur an seinen Gebärden war zu erkennen, dass der Knabe sprach; in tiefem Schweigen war das Gruppenbild erstarrt.

Einige Tage später wurde die Hochzeit von Kana aufgebaut. Jesus, nun schon als Mann, stand bei sechs steinernen Krügen, vor ihm der Speisemeister, aus einer Schöpfkelle schlürfend, um das zu Wein gewandelte Wasser zu kosten, hinter ihm der Bräutigam in einem rostroten, galiläisch sein sollenden Rock.

Der Baron von Fraunberg ließ, als er aus der Kirche ins Freie trat, seiner Empörung über diesen Verlust der Heimat freien Lauf. Denn verschwunden war ja die Krippe, die Barmherzige Schwester war inzwischen gestorben, sogar der Pfarrer lag im Priestergrab, der allzu willfährig der Tagesforderung nachgekommen und die Krippe aus dem Gotteshaus verbannt hatte. In Schachteln zur Zwecklosigkeit verdammt, wurde sie einem durchreisenden Aufkäufer für wenige Mark mitgegeben. Vielleicht findet meine Krippe wieder einen Freund, sagte sich die Schwester, nachdem ihr der Pfarrer Feind ist! Schnell war die Krippe verschachert – niemand wusste wohin.

Der Baron schimpfte, was er schon so oft getan hatte, wieder einmal und regte sich, als er den Schlüssel zurückgab, der Pfarrerköchin gegenüber furchtbar auf. »Eine flüchtige Mode!«, schnaubte er. »Aber welche Folgen!«

Der Kramer Sepp, der dem Baron über den Weg lief, als dieser, immer noch schimpfend, in seine Kutsche stieg, war ein Lebenskünstler. Der Baron verachtete Benzinfahrzeuge, ritt ein Ross, zumindest spannte er eines ein, zog als Umweltschützer am selben Strang wie die Jungen. Der Kramersepp aber mied solche Extreme. Fast gelang es ihm, den Baron zu trösten. »Denka S' Eahna nix, Herr Baron! Gar so rar war dee Krippn aa wieda net! Bei der Houzat vo Kana haan kloawinzinge Broutloawal auf da Houzattafel glegn! D'Mäus aba hams ogfressn! An etla Loawal hams grad o'gfieselt, de mehran aba hams ganz voputzt! So schee war dees aa wieda net!« Fürwahr eine tröstend irdische Weltsicht!

Der Baron aber tröstete sich, als er heimfuhr, auf seine Weise; es war eine bittere Weise: »Ich würde gern auf Schlittenkufen durch pulvrigen Schnee gleiten! Wäre das schädlich für die Welt? Schädlich ist, meine ich, dass man uns den Schnee mit Streusalz kaputt gemacht hat. Man hat so vieles kaputt gemacht! Man hat so furchtbar vieles kaputt gemacht! Warum soll es ausgerechnet noch eine Krippe geben?«

Der Stern von Bethlehem

Die Höhle, die Krippe, der Stern am nächtlichen Himmel – wir kennen sie als Urbilder des Weihnachtsfestes. Freilich, losgelöst von ihrer Wurzel im betroffenen Menschen, verführen diese Bilder zu Plattheit und Lüge. Dem allen Sinnbildern entfremdeten Verstand bereiten sie Verlegenheit. Ratlos werden an ihnen Zweifler und Verzweifelnde; wir erleben es täglich.

In den Augen eines kleinen Buben, der darin keine Ausnahme unter seinesgleichen machte, hatte der Stern an Glanz noch nichts eingebüßt. Abenteuer suchte der Kleine, wie oft Buben tun. Er war fünf Jahre alt, hieß Max und wohnte in der Münchner Vorstadt Haidhausen, auch darin kein Einzelfall. Sogar seine roten Backen und seine schwarzen Haare sollen ja öfter vorgekommen sein.

Worin er sich allenfalls unterschied von anderen Buben, das war seine Einsamkeit. Er hatte Eltern zwar, beide waren aber berufstätig. Der Vater arbeitete in einem großen Bürogebäude und kam abends todmüde nach Haus, die Mutter verdiente zusätzliches Geld in einem Großmarkt als Verkäuferin. Die Eltern sparten auf ein »Häuschen im Grünen«, wie sie sich ausdrückten, oder zumindest auf eine schicke Eigentumswohnung in einem der neuzeitlichen, rings um die alte Stadt aus dem Boden schießenden Hochhäuser.

Weil viele und immer mehr Menschen so dachten wie die Eltern des kleinen Max, darum wuchs die große Stadt immer weiter ins Land hinaus. Die eigentliche, die alte Stadt aber wurde allmählich menschenleer. Hinausgezogen jedenfalls musste sein, auch wenn diese unvernünftige Zukunftssausicht mit Überstunden, Doppelverdienen und Verzicht auf eine geordnete Häuslichkeit erkauft war.

Darum litt es den Eltern des Maxl auch kein zweites Kind, war doch dieses eine eigentlich schon zu viel, da sie es gar so oft allein lassen mussten: Die Vormittage verbrachte der kleine Bub im Kindergarten »Sankt Wolfgang«, die Nachmittage bei seiner Großmutter, die zwei Häuser weiter in einem Einzelzimmer wohnte. Denn »Alt und Jung tun nicht gut beieinander«, sagten die Eltern des kleinen Maxl, die selber nur in einer winzigen, ebenerdigen Wohnung hausten. In den Augen des Buben freilich hatte sie den Vorteil, dass man von dem finsteren Hinterhof aus, in den sein Schlafkämmerlein ging, den Sternenhimmel sehen konnte, was in der elektrisch erleuchteten Stadt sonst nicht möglich war.

Besonders der Abendstern, der gar so hell zu ihm hereinschien, fiel ihm auf, und er brachte ihn während der Adventtage, in denen er bei seiner Großmutter so viel vom Stern von Bethlehem hörte, mit dem biblischen Geschehen in Zusammenhang. Manchmal huschte er ans Fenster, mitten in der Nacht, hauchte die Eisblumen vom Glas, dass ein kleines kreisrundes Guckloch entstand, in dem er den Abendstern besonders schön und klar leuchten sah. Weil aber seine kindliche Vorstellung randvoll war mit Bildern wie: Krippe und Höhle, Joseph und Maria, Ochs und Esel, Christkind und Engel, Hirten und Könige, befestigte sich mehr und mehr in ihm der Glaube, dass dieser Stern kein anderer sein könne als der Stern von Bethlehem.

»Wart nur, Maxl«, sagte er zu sich selber, »wenn du dem Stern da nachlaufst, kommst zu der Krippen!« Ganz zwangsläufig müsse er, redete er sich ein, wenn er nur den Stern im Auge behalte, zur Krippe kommen, von der er aus seinem Bilderbuch wusste, wie schön sie sei. Und um vieles schöner noch sei die echte Krippe, hatte ihm seine Großmutter einmal erzählt.

Er öffnete das Fenster; kalt wehte der Nachtwind herein,

ihn schauerte. Er wollte nur zum wiederholten Mal prüfen, wie tief es hinunter sei. Richtig, unter seinem Fenster sprang der Luftschacht des Kellers vor, und gleich darunter war der Boden. Im sanften Schein des Sterns konnte er den sandigen Boden des Hinterhofes, ja sogar die weiter zurück liegende Mauer sehen. Der Boden war noch nicht mit Schnee bedeckt. Aber kalt und rau war die Nachtluft.

Der kleine Maxl hatte schon gelernt, sich ohne fremde Hilfe anzuziehen. So nahm er Unterwäsche und Strümpfe vom Stuhl, auf dem sie bereitlagen, streifte sie über, legte sich eine Hose an, schlüpfte in seinen Pullover, fuhr in die Schuhe und holte sich sogar noch das Mäntlein, den Schlips, die Handschuhe und seine Pudelmütze aus dem Kasten, wie er es gewohnt war, wenn er in den Kindergarten gebracht wurde.

Er hielt im Grunde solche Vorkehrungen gegen die Kälte nicht für notwendig, denn es handelte sich ja seiner Meinung nach nur um einen kleinen Spaziergang, von dem er bald, sicher im Lauf der Nacht noch, zurück sein musste.

»Wart nur, Maxl«, sagte er zu sich: »Du gehst einfach dem Stern da nach und bist im Handumdrehen bei der Krippen! Da werd aber d' Großmutter schaun, wenn ich ihr erzähl, dass ich die Krippen gsehn hab, die richtige Krippen! Keine Bilderbuchkrippen, sondern die richtige, die noch viel schöner ist! Und meine Eltern, die werdn sich vielleicht wundern!« Er hoffte insgeheim, dass die Eltern, die sonst so wenig Zeit für ihn hatten, sich nun ernsthafter und ausführlicher mit ihm beschäftigen würden.

Er rückte also den Stuhl ans Fenster, stieg hinauf, saß alsbald rittlings auf dem Fensterbrett und ließ sich langsam auf den Luftschacht hinuntergleiten. Von dort machte er einen kurzen Sprung und hatte den festen Boden des Hinterhofs unter den Füßen.

Er blickte zum Himmel auf, an dem ruhig und klar der helle Stern erstrahlte. Der Stern strahlte so hell, dass er die vielen tausend anderen Sterne mit seinem Schein erblassen ließ. Aber er stand ruhig, ließ nicht im mindesten erkennen, dass er irgendeine Bahn zog. Der Bub indessen, der nicht von seiner Vorstellung lassen wollte, dass es sich hier um den Stern von Bethlehem handle, redete sich heftig ein, dass der Stern eine Bahn zöge. Er trat aus dem Hof hinaus in eine kleine Nebengasse, und weil der Stern mit ihm fortging, meinte er ihm hinterherzulaufen.

Er kam von der kleinen Nebengasse auf die Hauptstraße. Es war die alte Dorfstraße Haidhausens, die Kirchenstraße, die an der gegenüberliegenden Seite von der Friedhofmauer begrenzt wurde und einige beachtlich helle Laternen aufwies. Der Stern in der Höhe konnte sich indessen immer noch behaupten. Als der Bub weiter und weiter ging, immer in östlicher Richtung, in immer neuere Baugebiete hinein, da erstrahlten die Straßenlaternen heller und heller, der Stern zu seinen Häupten aber, dem er nachzueilen meinte, wurde blasser und blasser.

»Wart nur, Maxl«, sagte sich der Bub, »der Stern werd scho wieder zum Leuchten anfangen!«, und ging weiter. Aber je weiter er ging, desto höher wurden die Häuser, desto breiter wurden die Fahrbahnen, desto heller wurden die Straßenlampen, die wie Peitschen hintereinander standen, desto auffälliger wurden die Lichtwerbungen, desto glitzernder wurden die elektrischen Weihnachtssterne, die wie Girlanden zwischen den Häusern hingen, desto bunter und leuchtender wurden die Tankstellen, und desto dunkler wurde der Himmel. Der kleine Maxl aber – was hätte er anderes tun sollen – ging weiter. Eigentlich hatte er ja erwartet, außerhalb der Stadt auf das freie Feld zu stoßen, über das die Hirten und Könige dem Stern von Bethlehem nacheilten. So, wie er es in seinem Bilderbuch gesehen hatte: Eine schneebedeckte Weite, über der sich der Sternenhimmel wölbte. Aber es gab kein freies Feld. Hinter den hohen Häusern kamen immer noch höhere Häuser und hinter den hellen Straßenbeleuchtungen kamen immer noch hellere Straßenbeleuchtungen, kamen immer noch blendendere Lichtwerbungen. Der Stern aber war in all der Helligkeit verschwunden, war schon längst nicht mehr zu sehen. Und der kleine Maxl, obwohl er schon sehr ermattet war, lief immer noch weiter, in der Hoffnung, doch noch an sein Ziel zu kommen.

Als die Mutter am frühen Morgen den Lichtschalter in der Schlafkammer des kleinen Buben umdrehte, fand sie sein Bett leer. Der Schrecken war groß. Der Ehemann wurde herbeigerufen, das Zimmer durchsucht, auch die Wohnung, der Hausgang, der Hof, umsonst. Spurlos verschwunden blieb der Knabe. Jetzt bekamen es die Eltern mit der Angst zu tun. Zur Großmutter lief die Frau, zwei Häuser weiter, an der Ecke der Preysingstraße. Auch dort war der Bub nicht eingetroffen, was die Mutter heimlich gehofft hatte. Und auch im Kindergarten »Sankt Wolfgang« wusste man über seinen Verbleib nichts zu sagen. Nun war guter Rat teuer. Zum ersten Mal blieben die Eltern ihrem Arbeitsplatz fern und saßen zu Hause, unruhig und untätig zugleich. Die Mutter eilte schließlich auf die Kirchenstraße hinaus, lief einige hundert Meter weit wahllos umher, fragte ebenso wahllos einige Fußgänger, die sie gerade traf: Begreiflicherweise ergebnislos.

Der Himmel hatte sich verhängt und schickte zum ersten Mal in diesem Winter Schnee herab. In dicken Flocken trieb der Schnee daher und jagte die Frau zurück ins Haus, wo sie sich aufs Neue mit ihrem Ehegatten besprach. Man wollte, solang noch irgend Hoffnung bestand, auf andere Weise des Buben wieder habhaft zu werden, einen öffentlichen Sucheinsatz vermeiden, sah aber nun keinen Ausweg mehr, als die Hilfe der Polizei in Anspruch zu nehmen. »O Gott, wer weiß, was dem Buben zugestoßen ist!« – jammerte die Frau und rang die Hände. »Wer weiß, vielleicht ist er entführt worden!«

Der Bub indessen, der den Tag heraufdämmern hatte sehen, war noch immer auf den Füßen. Er ging und ging, schon lange nicht mehr dem Stern von Bethlehem nach, sondern bloß noch, damit ihn nicht friere. Das Häusermeer hatte noch immer kein Ende genommen. Immer war wieder eine neue Hauswand hinter der alten aufgetaucht, immer noch höher waren die Häuser geworden, immer noch zahlreicher die vielen erleuchteten Fenster. Und immer noch breiter wurden die Teerstraßen, auf denen die Automobile in dichter Folge rollten. Als es zu schneien angefangen hatte, waren große Fahrzeuge gekommen und hatten rötliches Viehsalz auf die Fahrbahnen gestäubt. Nun verwandelte sich der Schnee in schmutziggraues Wasser, das ihm von den Autoreifen über die Füße und auf die Hosen gespritzt wurde. Es fror ihn jämmerlich, aber er stiefelte weiter.

Einen ganzen Tag lang suchte die städtische Polizei nach dem vermissten Buben, ohne Erfolg. Dieser hatte nun sein Vorhaben, des Sterns von Bethlehem wieder ansichtig zu werden, aufgegeben und hatte umzukehren versucht. Ein dumpfer Trotz hatte ihn zu dieser Umkehr bewogen, dass ihn daheim jetzt mehr Zuwendung und Ansprache erwarten könnten, wenn er von seinem Abenteuer erzählte. Indessen war ihm die Übersicht in dieser Häuser- und Straßenwüste, in der es nur Fahrbahnen und Automobile, Verkehrszeichen und Lichtampeln gab, völlig verloren gegangen. Er wusste nicht, wo er sich befand, welche Straße zurückführte und welche weiter weg. Nur eines noch half ihm über die Verzweiflung hinweg, und er sagte sich diesen Trost immer wieder vor: »Wart nur, Maxl, da werdn die Eltern schaun, wennst heimkommst!«

Die zweite Nacht brach herein. Zu schneien hatte es aufgehört, aber es wurde bitterkalt. Gerade noch rechtzeitig, bevor der herumirrende Knabe vor Erschöpfung zusammengebrochen wäre, sah er am Straßenrand eine Sandkiste stehen, eine mit spitzwinkligem Satteldach, die man zur Entnahme des Streuguts öffnen konnte. Der Deckel stand ein wenig offen. Mit letzter Kraft hob ihn der Knabe auf, nur so weit, dass er in den Kasten wie in ein kleines Haus hineinkriechen konnte, dann ließ er ihn hinter sich zufallen. Hier, so bildete er sich ein, war es wärmer als draußen, vor allem windgeschützt, und er konnte sich niederlegen.

Bei den Eltern des kleinen Maxl hatte die Verzweiflung überhand genommen. Sie rannten abwechselnd von der Wohnung auf das Polizeirevier an der Elsässerstraße und vom Polizeirevier zurück in die Wohnung, um nur ja kein Lebenszeichen des vermissten Kindes zu versäumen. Als aber die zweite Nacht hereingebrochen war, ohne dass eine Spur von dem Kind gefunden worden wäre, sank den Eltern der Mut und sie fühlten die letzte Hoffnung schwinden, ihr Kind lebend wiederzusehen. »Aber in einer Großstadt kann doch ein Mensch nicht verschwinden!«, schrie die Mutter auf den Polizeibeamten ein. »Gerade in der Großstadt!«, war die bündige Antwort.

Das Kind hätte die frostkalte Nacht in der Kiste, in der es allsogleich in tiefen Schlaf gesunken war, auch nicht überlebt, wenn es nicht seinen Schutzengel gehabt hätte. Leicht sagt sich das hin: Gibt es aber eine andere Erklärung für den eigenartigen Umstand, dass ein spät heimkehrender Gaststättenbesucher, der auf den Stufen seines Hauseingangs ins Rutschen kam, im selben Augenblick, als er glitt und fiel, ein Auge auf die nahebei stehende Sandkiste warf? Der Gedanke lag nahe, eine Schaufel voll davon zu nehmen und auf den Weg vor die Haustür zu streuen. Zunächst wollte es der Mann mit seiner Hand versuchen, weil er hoffte, dass der Sand noch nicht gefroren sei. Doch als er den Deckel der Kiste aufhob – welche Entdeckung machte er da!

»Büberl, Büberl!«, rief er aus, schlug die Hände zusammen und war, sofern er von zwei Gläsern Bier ein wenig angeheitert gewesen sein sollte, augenblicklich stocknüchtern: »Da hätt' dich kein Mensch auf der Welt, nicht einmal die Polizei gefunden!«

Als man den Eltern in der kleinen Wohnung an der Kirchenstraße ihren schon verloren gegebenen Sohn zurückbrachte, durchkühlt freilich, warmer Getränke, warmer Kleider und eines tiefen Schlafes bedürftig, da gelobten sie sich, ihr Leben anders als bisher auf die Zukunft auszurichten, diese Zukunft nämlich nicht mehr nur in Wohlstand und Bequemlichkeit, sondern im Glück ihres Kindes zu sehen.

Dem Buben zuliebe gab die Mutter ihre Berufstätigkeit auf, nahm sich in den letzten Adventtagen Zeit für ihn und konnte ihn auf den wahren Weg zur Krippe führen, der freilich kein Weg durch die lichterfunkelnde Großstadt, sondern ein Weg nach innen war.

Und als das Christkindl dem Buben dann am Heiligen Abend eine richtige kleine Krippe in die Stube stellte, mit Joseph und Maria, mit Ochs und Esel, mit Jesuskind, Hirten und Königen, mit einem richtigen Stern sogar, der seinen Schweif hinter sich her zog, auf das Strohdach der armseligen Hütte zu, da fragte ihn die Mutter:

»Was hast dir denn denkt, wie du so durch die Nacht hinter dem Stern hergegangen bist?«

»Wart nur, Maxl«, erwiderte der Bub treuherzig, »hab i mir denkt, 's Kripperl werd scho no kemma.« Und seine roten Backen leuchteten.

Das älteste Weihnachtslied

Der Bayer ist kein Rüpel (obwohl das ein schöner Name ist, nämlich die Koseform für Rupert); seine Herkunft, sein Wesen, seine Sprache sind, wie Josef Hofmiller einmal sagte: fein.

Das älteste deutsche Weihnachtslied ist ein bayerisches Weihnachtslied. Es wird vor dem sogenannten Paradeis, einem von rotbackigen Äpfeln und brennenden Wachskerzen besetzten Holzgestänge gesungen – also vor einem sinnbildlich aufgebauten Paradies oder, wie man bairisch sagt, Paradeis.

Dieses Lied stammt aus dem zehnten Jahrhundert. Es wird in den bayerischen Sprachinseln der sogenannten dreizehn und sieben Gemeinden in Venetien heute noch genauso gesungen wie vor tausend Jahren.

In das heutige ländliche Mittelbairisch übertragen, das heißt, nur geringfügig geändert, lautet das Lied so:

> Viertausad Jahr danach
> wia da Adam hat gfehlt,
> der insa liabe Gott
> is kemma auf d' Welt.

> Er is auf d' Welt kemma,
> und is geborn vo Maria,
> er gibt dee Menschn Reichtum
> und steht für allweil da.

> Kündt wird's vo de Engel an Schaafern,
> was da in Bethlehem is gmacht.

Zon Noagn vorn heilign Kind,
gehnt s' in da finstern Mitternacht.

Sie findn 's in an Kripperl
aaf an Schiebe Stroh
und is vo Gott da Suh'!
Hod grad a Haaderl o'!

Geborn in da Winterzeit;
es friast 's, und es is arm!
's Ochserl alloa mit Blasn
und 's Eserl hoitn 's warm.

Da sehgt ma-r-an Stern an Himmi:
Drei Manner vo de Morgenlaander
macha si aafn Weg
in königliche Gwaander.

Und nach den Zoacha
haan s' vor Sion kemma,
harn den Gottgeborna gfundn
in an Stoi bei dee Bethlehemer.

Vor eahm und vor der liabn Frau
sie noagnt eah alle drei.
Weihrauch und Myrrn und Gold
ham s' für das Kind dabei.

Zwengn deiner is da Himmi,
o Gott, der sich erbarm,
d' Erdn, der Blitz, der Donner!
Und du – geborn so arm!

Du lernst ins, Vater inser,
mit dein' hochen ABC
ins ändern arma Sünder,
an Weg, den ma soll geh!

Das Geschenk des toten Vaters

So recht hab ich nie gewusst, was mein Vater mir bedeutet. Wie es oft geschieht, so war es auch hier: Was er mir war, wusste ich erst, als ich ihn verloren hatte.

An einem Novembertag, als das Leben sich aus Flur und Wald schon zurückgezogen hatte, sah ich meinen Vater auf dem Totenbett. Doch ich will der Reihe nach berichten und schlage zu diesem Zweck mein Tagebuch auf. Da lese ich:

Heute in aller Frühe kam ein Anruf meiner Mutter: Gestern Nacht um elf Uhr ist mein Vater gestorben. So ist also der letzte Sohn des Münchner Malers Albert Schröder gestorben. Ich kann es noch nicht fassen, in des Wortes wahrstem Sinn. Ich schreibe dies vormittags. Mittags werden wir nach Trudering fahren und ihn im Krankenhaus noch einmal sehen. Requiescat in pace!

Im Krankenhaus gewesen und den toten Vater in einem kleinen Kämmerlein gesehen, armselig, nackt, nur mit Krepppapier bedeckt, aber von einer Gelöstheit und Größe im Gesichtsausdruck, die ich noch nicht an ihm kannte. Majestätisch. Noch nie habe ich vorher beobachtet, dass er eine fast römisch zu nennende gebogene Nase hatte. Seine Lippen waren freilich zusammengekniffen, im geschrumpften Kinn versunken. Erschütternd war es, meine Mutter zu beobachten, mit anzusehen, wie sie den Mann, mit dem sie fünfundfünfzig Jahre lang verheiratet gewesen war, liebkoste: »Papile! mein Papile!«

Wenn etwas noch schlimmer sein konnte als dieser Tag, so war es der nächste, als wir, meine Mutter und ich, die Habseligkeiten meines Vaters, die er zwei Tage zuvor ins Krankenhaus mitgenommen hatte, ausgehändigt bekamen.

In einem nüchternen Amtszimmer belehrte uns ein kaltbarscher Mensch über den Unterschied zwischen »Nachlass« und »Rücklass«, deutete auf einen Packen, eher war es ein Knäuel zu nennen, der am Boden lag, und fragte uns, ob das die Gegenstände des Verstorbenen seien, ermahnte uns auch, sofort nachzuzählen, weil spätere Reklamationen zwecklos seien. Welche Augenblicke, als ich meine Mutter die Gegenstände ordnen sah, die ich nur zu gut als diejenigen meines Vaters erkannte! Wie soll ich das Gefühl beschreiben, das mich überkam, als ich diesen Mantel, dieses Halstuch, diesen Hut, diese Handschuhe, die mir immer wie untrennbar von meinem Vater erschienen waren, auf einmal von ihm losgelöst sah! So getränkt von seinem Wesen war auch dieser Geldbeutel, war diese Brieftasche, war diese Aktenmappe, dass der Vater, obwohl er nicht mehr in der Brieftasche blätterte, auch keine Münze mehr aus der Börse nahm, was er vorher tausendmal getan hatte, dennoch gegenwärtig war.

Die kaltbarsche Stimme riss mich aus meinen Gedanken: Welchen Anzug wir dem Toten anlegen lassen wollten, welches Hemd, welche Krawatte? Weinend verließen wir die Stätte, stolperten über die Stufen des Hauses, in dem der Vater zum letzten Mal geatmet hatte.

Wenige Tage nach der Beerdigung meines Vaters stand im Kalender der erste Advent. Tags darauf kam ich an den Auslagen eines Münchner Versteigerungshauses vorbei. Ich hatte nichts im Sinn, dachte: Da schaust du schnell einmal hinein. Alte Möbel und Bilder sah ich ohnehin gern, also erwartete ich keine verlorenen Minuten. Welchen Gewinn ich aus diesem Haus davontragen sollte, ahnte ich freilich nicht, als ich die Stiege zu den Ausstellungshallen hinaufschritt.

An einigen Biedermeiergarnituren schlenderte ich vorbei. Ein großes Gemälde im Makartstil ließ ich rechts zurück. Barocksessel, ein Frankfurter Schrank, einige kleinere Landschaften der Münchner Schule regten mich nicht auf. Und dann geschah es. An der mir gegenüberliegenden Wand eines geräumigen, mit sogenannten Wiener Barockmöbeln ausgestatteten, behäbig bürgerlich wirkenden Zimmers hing ein lebensgroßes Knabenbildnis. Das Bild war geschickt von oben angestrahlt, entfaltete seine ganze Farbenpracht. Ich war sofort gefesselt, ich verhielt meinen Schritt.

Ein schöner Knabe war es, der da in Lebensgröße, ich muss es betonen, vor mir stand. An einer kahlen Hinterwand hatte er sich aufgebaut, mit schwarzglänzenden hohen Schnürschuhen hob er sich vom Bretterboden ab, der wie eine Verlängerung des Zimmerbodens wirkte, auf dem ich ihm gegenüberstand. Eine dunkelblausamtene Pluderhose trug er, eine ebensolche samtene, pludrige Matrosenmütze mit herabhängenden Bändern hielt er in der halb verborgenen linken Hand, seine rechte baumelte im hellen Licht des Vordergrundes über seine Hose. Aus dem langen, hochgeschlossenen graublauen Pullover tauchte ein Gesicht auf, das mich aufmerksam zu betrachten schien. Ernst und voll waren die Lippen geformt, aber dennoch schien sich ein vergangenes Lächeln irgendwo an den Rändern dieser Lippen eingenistet zu haben. Die bräunlichen Augen blickten mich weit geöffnet und mit Leben vortäuschenden Glanzlichtern an, die Ohren waren halb unter dem langen lockigen Haar verborgen. Es war mir, als würde ich ein eigenes Kinderbild betrachten, denn gewisse Ähnlichkeiten fielen mir in diesem abwartend auf mich gerichteten Blick des Knaben auf. Kaum wagte ich näher zu treten. Es war indessen gar nicht nötig; auch aus der Entfernung konnte ich im rechten oberen Eck des Gemäldes die Signatur lesen: A. Schröder Mn.

Ich eilte mit dem Vorortszug nach Trudering und erzählte meiner Mutter von dem Erlebnis. Ich hatte noch nicht ausgeredet, als ich mich erinnerte, von meinem Vater einmal gehört zu haben, er sei als elfjähriger Bub von seinem Vater in der Wohnung an der Adalbertstraße porträtiert worden. Das Bild sei überaus schön gewesen. Das fand auch ein der Familie gut bekannter Lehrer meines Vaters. Dieser Lehrer hielt aber das Bild nicht nur für schön – es bewegte ihm auch das Herz. Jedenfalls konnte er, als er bei einem Besuch das eben fertiggestellte Gemälde betrachtete, seine Tränen kaum verbergen. Der Knabe sehe zum Verwechseln seinem verstorbenen Lieblingsschüler gleich, versicherte er und knüpfte die Bitte daran, dieses Bild einige Zeit als Leihgabe bei sich aufhängen zu dürfen. Da mein Großvater ohnehin nicht im Sinn gehabt hatte, das Bild zu veräußern, und ihm der Lehrer vertrauenswürdig erschien, willigte er ein. Was soll man viel erzählen: Das Bild war seit diesem Tag verschollen. Als zwei Jahre vergangen waren, wollte der Vater bei dem Lehrer anfragen: Er konnte aber den Zettel, auf dem er sich dessen Anschrift notiert hatte, nicht mehr finden. Überdies war der Lehrer schon lange verzogen; ins Rheinland, hieß es. Die Erben des Lehrers wussten offensichtlich nichts von dieser Abmachung.

Mein Großvater raufte sich ob des Verlustes die Haare; was half es? Mein Vater schließlich hätte den Verlust seines Jugendbildnisses vielleicht eher verschmerzt, wenn es noch ein zweites Kinderbildnis, wenn es wenigstens ein Lichtbild von ihm aus dieser Kinderzeit gegeben hätte. Aber so fotografierfreudig wie heute war man damals noch nicht.

Ich ersteigerte das Bild. Es ist mir, wenn ich dieses Gemälde nun betrachte, mehr und mehr, als wäre mein Vater nicht gestorben, als wäre er noch am Leben, oder vielmehr wiedergeboren in unvergänglicher, unverwelklicher Jugend. Und es ist mir, als wäre es mein Vater selbst gewesen, der mir den Weg gewiesen hatte, seiner wieder habhaft zu werden.

So also war das: Kaum war mein Vater im hohen Alter und gezeichnet vom letzten Leiden gestorben, stellte er sich mir wieder in strahlender Jugend dar. Ich konnte nicht anders, ich musste dieses Bildnis mit dem Advent, in dem ich es empfangen hatte, in Zusammenhang bringen. Und weil Advent »Ankunft« heißt, »Ankunft des Herrn«, stellte ich mir vor, dass Jesus, der sichtbare Jesus, bei meinem Vater nun bereits angekommen sei, stellte ich mir aber auch meinen Vater vor, der, jenseits aller Todesqual, bei seinem Schöpfer angekommen war. Genauso stellte ich ihn mir vor, wie er auf dem herrlichen Gemälde zu sehen war. Ich habe es in meinem Wohnzimmer an eine leere Wand gehängt, und zwar so, dass man, wenn man darauf zu geht, meint, man könnte auf demselben Stubenboden, auf dem man geht, in das Bild hinein weitergehen.

Weihnachten, richtig bayerisch

Der Bayer will sich deswegen noch lang nicht »aufmandeln«, aber er möchte halt in aller Bescheidenheit manchmal daran erinnern, dass bei ihm – nennen wir es ruhig so – »die Uhren anders gehen«.
Und das klingt dann an Weihnachten und um Weihnachten herum so:
Er sagt nicht »Weihnachtsbaum«, sondern *Christbaum*. Sogar dieser Christbaum kommt im bayerischen Volkslied kein einziges Mal vor. Der Bayer geht in der heiligen Zeit zum *Kripperl anschauen*.
Der Bayer sagt auch nicht »Weihnachtsmann«, sondern *Sankt Nikolaus* (der am 6. Dezember gefeierte Bischof von Myra) oder *Christkindl* (der neugeborene Erlöser).
Der Bayer sagt auch nicht »Heiligabend« (ausgesprochen: »Heilichabend«), sondern *Heiliger Abend*. So viel Zeit, meint er, wolle er sich gönnen, um dieses Wort auszusprechen.
Wenn es anderswo keinen heiligen Christtag gibt, sondern einen Julklapp, keinen heiligen Bischof Nikolaus und kein Christkind, sondern den (Kaufhaus-) Weihnachtsmann, keine Krippe und kein Paradeis, ja nicht einmal einen Christbaum, sondern einen Weihnachtsbaum oder gar einen »Tannebaum«, der drei oder vier Wochen vor der Geburt Christi (statt am Heiligen Abend), mit Glühbirnen bestückt, auf den Balkon oder in den Garten gestellt und unmittelbar nach dem Stephanitag (der als Tag des Erzmartyrers und ältesten Kirchenpatrons Stephanus gefeiert wird, aber in säkularisierten Gegenden »2. Weihnachtsfeiertag« heißt), wenn dieser Baum dann zum »Sperrmüll« geworfen wird – so ist das beileibe nicht schlecht – nur nicht bayerisch.

Bei einem Bayern bleibt ja der Christbaum über Johannes Evangelista, Unschuldige Kindlein, Silvester, Titus und Heiligdreikönig bis Mariä Lichtmess in der Stube an seinem Platz, nicht anders als die Krippe.

Dann erst ist nämlich Weihnachten um.

Meine schönste heilige Nacht

Der Holter Markus wurde 1812 in Wels geboren. Er studierte in Kremsmünster, trat dort in das Stift ein und wurde 1836 zum Priester geweiht. Er war Professor der modernen Sprachen am Stiftsgymnasium bis zu seinem Tod im Jahr 1874.
Holter hat sich als Jugendschriftsteller in der Schriftsprache betätigt, daneben aber auch einzelne Mundartgedichte verfasst. Leider sind sie nie gesammelt worden. Nur »Die Heili Nacht«, die vom Geiste echter Nächstenliebe durchpulste Erzählung einer alten Bäuerin, wurde durch den Stelzhamerbund veröffentlicht und blieb uns zum Glück erhalten. Mit Verlaub sei sie diesen Seiten eingefügt.

Es is doh, wann ma's recht betracht',
A schöne Sach um die heili Nacht!
Draußt pfeift der Wind, ganz dick fallt der Schnee,
Wia's halt der Winter treibt, ma woaß' voneh –
Schaut's eng aber a bissl um:
Drinn in der warma Stubn,
Da is' 's glei anders! – d' Kinder hupfn und springan
Und lärman und singan
Und hellrot vor Freud die Wangerl glosn,
Es is wia-r-a Garten von lauter Rosn.
Wia kunnt's denn aa nur anders sein?
Kimt denn 's Christkindl net und legt eahn was ein? –
A Kind bin i aa gwen, 's is freili schon a schöne Zeit,
Aber es steht nix auf über a rechte Kinderfreud.
Und wann Weihnachten kimt, aft wir i gschwind
Auf an etla Stund a kernfrisch' Kind!

Oan heili Nacht aber, wann i stoanalt wir,
Oane vergiß i mein Lebta nia! –
Das i gwen a rare heili Nacht,
's Christkindl hat uns was gnumma anstatt was bracht!

Der Vader is mit'n Braun' in d' Stadt eini gfahrn,
A so is er's gwöhnt gwen seit vieln Jahrn.
Und wir er fort is, habn ma graunzt und bitt:
»Vader, geh bring uns deant aa was mit!«
Der Vader hat gschmutzt und uns hat zimt,
Dass er gwiß von der Stadt net laar hoamkimt.
Auf d' Nacht habn ma in Rosenkranz bet',
I han mi dazua völli a wengerl gnöt';
Denn mir Kinder habn gar so hart
Auf unsern liabn Vadern gwart'. –
Da fangt der Hund draußt' z' kaußn an:
Mir alle zu der Tür und i voran;
I hätt' ma z' wettn traut ganz gwiß,
Dass' sunst neamd als der Vader is.
Und er is' gwen', o mein, die Freud!
Mir san gsprunga wia net gscheit.
Er geht in d' Stubn, der Huat und Pelz schneeweiß
Und der Bart und d' Haar wia lauter Eis.
»Han, Vader«, sagt d' Muader, »heunt kimst hübsch spat;
Du hast ja deant koan Unglück net ghat?«
Da hebt der Vader an zun redn:
»Ja, Weib, i bin halt hübsch lang wo gwen.

Und hört's amal, Kinder, das is a Gspoaß,
Heunt hab i gar nix!« Mir wird kalt und hoaß:
»Geh, Vader! Du tuast uns netter foppn!«
Mein Brüaderl hebt schier an zun flenn.
»Hat's narrisch«, sagt der Vader, »was kann i denn dafür,
Wann's Christkindl selber kimt
Und mir enger Sach wegnimmt?«

»'s Christkindl?« – Mir schaun uns großmächti an.
»Ja«, sagt der Vader, »das is damit auf und davon.
Und damit 's ös glaubts ganz gwiß,
Will i verzähln, wia die Gschicht ganga is. –

Ös wisst's – wia ma außi kimt fürn Wald,
Wo der Wind so anmag, der grimmig kalt,
Da steht in der Mitt'n
Vor an kloan Garterl in Pedern sei' Hüttn.
San er und sie gar rechtschaffne Leut,
Ma hört's ganze Jahr bei eah' von koan Streit,
Sie schindn und plagn si halb z'tod
Und gwingan für d' Kinder kaam 's tägli Brot.
I fahr grad bei sein Häuserl vür,
Da steht der Peder vor seiner Tür,
Aber ganz trauri und niedergschlagn.
Wart, denk i ma, den muaß i fragn.
»Guatn Abnd, Peder, wia geht's dir denn?«
Statt z' redn hebt er an zun flenn.
»Mein Herr«, sagt er z'lest, »mit mir is' aus,
Koan' Bissn Brot in ganzn Haus
Und dazua mein Weib, das krank zun Sterbn,
Stirbt's, müaßn d' Kinder und i verderbn.
Das is a traurige heilige Nacht.
Der Geistli hat erst schon in Herrgott bracht,
Leicht denn s' Christkindl aa nu kimt
und in Kindern eahn Muader wegnimmt?
Was fang i aft mit der Butzlwar an –
Mit mir is's aus, i bin a gschlagner Man!«
»Hau«, sag i, »Peder, was fallt da denn ein.
Man muaß net so verzagt glei sein;
A christlicher Man bist alleweil gwest.
Unser Herrgott hilft, das glaub nur fest,
Und z'lest wird alles wieder recht.«
Dann steig i a und häng in Braun' an Zaun.

Was hab i gsengn drinn, du liaber Gott!
Nix als Ölend und bittere Not.
Die Kinder ohne Gwand, in Bett 's kranke Weib.
Mir hat si's Herz umdraht in Leib.
I schau s' mit nassn Augn an,
Weil i den Leutln gar net helfn kann.
Da gibt ma's Christkindl an' Gedanka ei,
I glaub, es wird net anders sei:
I han ja in Schlittn draußt allerhand,
Neue Schuach und a warms Wintergwand
Und, das hätt i bald vogessn,
Die bestn Sachn aa zun Essn!
Und wann meine Kinder fragn, han i ma denkt,
So sag i: I han alls in Christkindl gschenkt.
Denn, wia sie schon dahoam habn glernt
Und wia sie in der Schul drinn hörnt,
So sagt Christus: »Was ihr tut den Kleinen, das seh ich an,
Als wäre es mir selbst getan.«
So werden s' aa damit z'friedn sein;
Und is 's net – nan so kaaf i was anders ein.
Wann 's aber gsegn hätts, Kinder, die Freud
Und das Danka ghört von die guatn Leut,
Ös verlangats gwiß nix weiter mehr
Und sagats: Gsegn eahn's Gott der Herr!
Schauts, aso is 's und drum han i nix bracht.
Es is wohl so die erste heili Nacht!«

Der Vader is staad gwen, d' Augn san überganga uns alln,
Um an Hals san mar eahm aft alle gfalln,
Und ghalst und druckt habn ma'n leicht a Viertelstund
Und dankt für die Gab aus Herzensgrund
Und gschlafn habn ma alle die Nacht so guat –
Es muaß doh 's Wohltoan sein, was oan gar so wohl tuat.
Und die heili Nacht, wann i stoanalt wir,
Die vergiss i mei' Lebtag nia.

Erscheinung des Herrn

Sind wir schon bei Weihnachten angelangt, so muss gerechterweise auch gesagt werden, dass der Dreikönigstag, der Epiphaniastag, von Anfang an dazu gehört. Mehr noch, er ist eigentlich das richtige Weihnachtsfest, war immer »Vollweihnachten« oder »Großneujahr«, auf jeden Fall ein »obrister Tag«, an dem die Christen des Ostens, die Griechen, die Syrer, die Palästinenser, die Russen, die Armenier und die Äthiopier ihr Weihnachten feiern. In den romanischen Ländern werden die Kinder immer noch an diesem Tag mit Geschenken bedacht, keinen Tag eher! Die Feier der Geburt und das Gabenbringen sind getrennte Dinge. Wie ist es dazu gekommen?

Clemens von Alexandrien berichtet – man höre und staune – schon um das Jahr 200 oder kurz danach von einem gnostischen Kreis, der in der Nacht auf den 6. Jänner das Gedächtnis der Geburt und Taufe Jesu beging. Bereits im 4. Jahrhundert feierte man im gesamten Osten Geburt und Taufe des Herrn an diesem Tag! Auch Rom verschloss sich dem orientalischen Epiphaniasfest nicht. Man trennte von der Geburtsgeschichte die Anbetung der Weisen oder Könige ab. Während an Weihnachten fortan die Betonung auf dem weltgeschichtlichen Ereignis der Geburt Jesu lag, sollte Epiphanias die heilsgeschichtliche Bedeutung dieser Tatsache belegen. Das griechische Wort heißt: Sichtbarwerdung oder Erscheinung. In Paris wird Epiphanie erstmals für das Jahr 361 bezeugt. Es ist neben Ostern das älteste christliche Fest.

Ostern! Die Daten des Osterfestes und aller beweglichen Feste wurden seit frühester Zeit am Erscheinungstag nach dem Festevangelium verkündet! An diesem Tag wurde auch der Osterfestbrief veröffentlicht, mit dem Alexandrien diese Daten der Christenheit mitteilte. Die Dreikönigswasserweihe ist eine Darstellung der Taufe Jesu und entspricht dem Brauch der Jordanweihe, deren Kenntnis von Pilgern und Kreuzfahrern ins Abendland gebracht wurde.

Die Ausräucherung der Häuser geht auf die seit vorchristlicher Zeit gefürchteten Raunächte zurück, deren gefährlichste die Nacht vor Dreikönig war. Der Weihrauch ist Opferrauch und von Anfang an Teil des priesterlichen Opferdienstes.

Weihrauch bringt auch einer der drei anbetenden Könige, Myrrhe zum Dienst am Altar der andere, Gold aber der dritte, Gold, aus dem die Messgeschirre des Tempels geschmiedet sind.

Der umfangreichste Teil der Weihnachtskrippe gruppiert sich um den Epiphaniastag, wenn der Stern ankommt und hinter ihm der Tross der drei Könige. Vielerorts wird erst an diesem Tag die Krippe vollständig aufgebaut; nun trotten die Elefanten heran, schwanken die Lastkamele hinter ihnen drein, beginnt es von Dienern und Morisken zu wimmeln.

Voll Stolz zeigt eine solche Krippe der Mooserwirt in Walkersaich hoch über dem Isental. Sie nimmt ein ganzes weites Zimmer ein und ist mit einem zackigen Zaun geschützt gegen die Welt.

Ein recht hartes Hirnbatzl – um nichts Schlimmeres zu sagen – sei allen Ungläubigen gegeben, die solche Zäune beseitigen wollen, samt dem was dahinter ist, die uns dem Göttlichen entfremden wollen, dem wir in dieser heiligen Zeit so nahe sind.

Kerzenlicht

Das Weihnachtsgeschehen ist voller Geheimnisse. Nach der Erscheinung des Herrn feiern wir die Darstellung des Herrn. Das Fest hat auch den römischen Namen: In Purificatione Beatae Mariae Virginis – zu deutsch: Fest Mariä Reinigung.

Nach dem Gesetz des Moses war jede israelitische Mutter für eine bestimmte Zeit nach der Geburt ihres Kindes unrein und durfte nicht im Tempel erscheinen. Nach Ablauf der vorgeschriebenen Frist musste sie zur Reinigung ein Lamm und eine Taube als Opfer bringen. Dann wurde sie vom Priester für rein erklärt und durfte wieder den Tempel betreten.

Ein zweites Gesetz machte alle männlichen Erstgeborenen zum ausschließlichen Eigentum des Herrn, befahl ihre gesetzliche Weihe an Gott und forderte als Preis für die Auslösung eine bestimmte Summe Geld.

Beide Gesetze waren weder auf Jesus noch auf Maria anzuwenden. Dennoch unterwarfen sie sich: der Allerheiligste, der nicht der Heiligung, und die Allerreinste, die nicht der Reinigung bedurfte.

Christus wurde im Tempel auf den Armen Mariens dargestellt. Maria ist es, die schon damals ihren Sohn dahingab. So bekundet das Festgeheimnis die Anteilnahme Mariens am Werke der Erlösung.

Die Heimat dieses Festes ist Jerusalem. Schon früh, vielleicht im sechsten Jahrhundert, kam es nach Rom. Im Osten lässt sich die fromme Sitte, bei diesem Fest brennende Kerzen zu tragen, schon im fünften Jahrhundert nachweisen. Als das brennende Licht, nämlich Jesus, durch Maria in den Tempel gebracht wurde, pries der gotterleuchtete Simeon in einem begeisterten Gesang den Heiland. Man sieht seitdem in diesen Kerzen Sinnbilder Christi. Heute noch werden sie feierlich gesegnet und geweiht und in einer lichterschimmernden Prozession in die Kirche getragen. Von diesen Lichtern bekam das Fest auch den volkstümlichen Namen Lichtmess.

Wir finden uns also an Mariä Reinigung noch immer in der Zeit des Lichtes.

Vergegenwärtigen wir uns: Zuerst haben wir die Adventkerzen entzündet. Am Weihnachtstag war der Christbaum mit brennenden Kerzen geschmückt. Am zweiten Februar aber feiern wir noch einmal, zum dritten Mal, eine Lichtmesse.

Was bedeutet dieses dreimalige Licht? Versuchen wir zu verstehen: Christus ist das Licht der Menschen, so sagt schon Johannes. Im Römerbrief aber lesen wir: Die Menschen sollen als Kinder des Lichtes leben, die Werke der Finsternis ablegen und die Waffen des Lichtes anlegen. Nicht umsonst wird in den Kirchen an diesem Tag das Pauluswort gelesen: »Jetzt bleiben Glaube, Hoffnung und Liebe, diese drei; aber das Größte unter ihnen ist die Liebe.«

Auch die Kerzen sprechen mit drei Worten: Kerzen leuchten, wärmen und opfern.

Was heißt leuchten? Kerzen sind dazu da, dass sie angezündet werden und Licht geben. Sie leuchten in der Dunkelheit, damit man den Weg sehen kann. Die Kerzen also erinnern uns an Christus, der von dem Arzt Lukas »Licht zur Erleuchtung der Heiden« genannt wurde. Die Christen aber sollen Zeugen dieses Lichtes sein. »Ihr seid das Licht der Welt. So lasst euer Licht leuchten vor den Menschen, damit sie eure guten Werke sehen und euren Vater im Himmel preisen.«

Leuchten wir? Können die Mitmenschen durch uns den Weg finden mitten in der Dunkelheit dieser Welt? Das ist die Frage.

Und wärmen? Die Welt ist kalt. Die Kerze aber leuchtet und brennt. Wir sollten brennendes Licht sein, das heißt:

Hoffnung und Zuversicht. Nur ein brennendes Herz kann den anderen Menschen wärmen. Wir sollten Hoffnung spenden, wo Schatten und Hass sind. Wo die Menschen traurig sind, sollten wir Freude und Hoffnung bringen.

Und opfern? Damit Kerzen leuchten und wärmen können, müssen sie sich verzehren. Das ist das Los aller Kerzen: Bereit sein, sich zu opfern. Bayerns Großer Kurfürst hat an die Kerzen gedacht, als er sagte: Aliis lucendo consumor – anderen leuchtend, brauche ich mich selber auf. Kerzen opfern sich. Dieses Opfer aber ist die wahre Liebe.

Maria hat für uns alle ein Licht angezündet: Jesus, das Licht der Welt. Es brennt zu jeder Stunde und erleuchtet die Geschichte.

Und immer wieder Maria

Was wäre Weihnachten ohne die himmlische Frau?! Es bleibt dabei: Maria ist die Ursach unserer Weihnachtsfreude. Ohne sie ist kein Weihnachten und ist kein Advent. Es ist die Gottesmutter, die den Erlöser unter dem Herzen trägt. Sie ist Mittelpunkt einer jeden Krippe, sie ist Gefäß, in dem Gott erscheint, sie ist Kelch und Tabernakel, sie ist die Frau »mit der Sonne bekleidet und auf der Sichel des Mondes stehend«. Sie ist – wie es im Rosenkranz heißt – »gebenedeit unter den Weibern«.

Nachwort

Die Gattung der Weihnachtsgeschichte oder richtiger der Adventgeschichte wurzelt in der Liturgie. Von der auf mehrere Sprecher verteilten, am Altar gelesenen Frohen Botschaft bis zur dramatisch dargestellten Herbergssuche und zum Hirtenspiel, die im Fürstbistum Salzburg besonders gepflegt wurden, war ein kurzer Weg. Aus den mundartlich gehaltenen Herbergs- und Hirtenspielen, die längst vor Ludwig Thomas »Heiliger Nacht« einen festen Platz im bayerischen Brauchtum hatten, wurden Adventbetrachtungen und Adventgeschichten.

Ohne das in die Jahrtausende zurückreichende Herkommen der bildhaften Darstellung des Heilsgeschehens, mit anderen Worten, ohne die Krippe, sind Adventgeschichten unbegreiflich. Rund um die Krippe habe ich meine Geschichten angesiedelt, und ich habe sie folgerichtig immer wieder an Krippen gelesen, am liebsten an der gewaltigen Hauskrippe des Mooserwirts von Walkersaich – ortsüblich ausgesprochen »Woikasoach« –, hoch über dem Tal der Isen.

Gern habe ich mich aber auch immer wieder an die elterliche Krippe im heimatlichen Dorf Trudering erinnert, an eine Krippe mit vielen Figuren, wächsernen, brokatgewandeten, habe meiner Mutter und meinem Vater gedankt für eine schöne Kindheit. Voll Erinnerungen an diese Jahre sind meine Geschichten und Betrachtungen, aber auch voll Hoffnung auf eine Zukunft, in der es weiterhin Kinder und Krippen geben wird. Und Adventgeschichten. Getreu dem alten Sinnspruch: Dankbar rückwärts, mutig vorwärts, gläubig aufwärts.

Wolfgang Johannes Bekh

Anmerkungen

Maria, Ursach unserer Weihnachtsfreude
Der sogenannte Frauentaler Kurfürst Maximilians I. zeigt die Himmelskönigin mit dem Kind, beide gekrönt und in Händen das Zepter.

Um die Nikolauszeit
Dieser Text gilt einem Erlebnis des Verfassers in dem Innviertler Dorf Gilgenberg am Weilhart, in der Volkssprache »Dilleberg«, aus einem anderen Werk des Autors, dem romanartigen Erlebnisbericht »Apollonius Guglweid oder Unterhaltungen mit dem Tod«.

Etwas vom Klöpfeln
Das Klöpfeln ist im Erdinger Holzland um die achtziger Jahre ein da und dort noch von Kindern gepflegter Brauch.

Holzstöckeln
Alois Brandstetters Buch »Vom Schnee der vergangenen Jahre« (1979) hat den Verfasser stark beeindruckt.

Die Jahreskrippe in der Antoniuskapelle
Diese Geschichte widme ich dem Kramer Sepp von Gigling, von dem ich die alte Rappoltskirchener Krippe beschrieben bekommen habe.

Der Stern von Bethlehem
Diese Erzählung entstand an den Vorabenden der ersten Lesung des Verfassers vor der Krippe von Walkersaich und wurde dort zum ersten Mal öffentlich vorgetragen.

Das Geschenk des toten Vaters
Diese Geschichte ist ein kleiner Abschnitt aus der geplanten Selberlebensbeschreibung.

Meine schönste heilige Nacht
»Den Herrgott bringen«, das heißt, die gewandelte Hostie, den Leib des Herrn, bringen.

Kerzenlicht
Diesen Text widme ich P. Jesus Fernandez Gonzales, dem ich ihn verdanke; er wurde auf einer adventlichen Fußwanderung nach Eschlbach und Oppolding besprochen.